# 馬可波羅東遊記

〔意〕馬可·波羅 著

梁生智 譯

商務印書館

# 馬可波羅東遊記

著　　者：〔意〕馬可·波羅

譯　　者：梁生智

責任編輯：譚　玉

出　　版：商務印書館 (香港) 有限公司

　　　　　香港筲箕灣耀興道 3 號東滙廣場 8 樓

　　　　　http://www.commercialpress.com.hk

發　　行：香港聯合書刊物流有限公司

　　　　　香港新界大埔汀麗路 36 號中華商務印刷大廈 3 字樓

印　　刷：中華商務彩色印刷有限公司

　　　　　香港新界大埔汀麗路 36 號中華商務印刷大廈

版　　次：2009 年 11 月第 1 版第 1 次印刷

　　　　　©2009 商務印書館 (香港) 有限公司

　　　　　ISBN 978 962 07 1881 6

　　　　　Printed in Hong Kong

# 目　錄

# 馬可波羅的行程圖

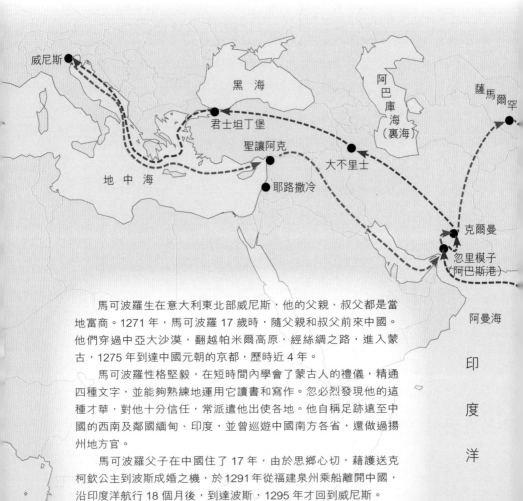

威尼斯

黑 海

阿巴庫海（裏海）

薩馬爾空

君士坦丁堡

聖讓阿克

大不里士

地 中 海

耶路撒冷

克爾曼

忽里模子（阿巴斯港）

阿曼海

印度洋

　　馬可波羅生在意大利東北部威尼斯，他的父親、叔父都是當地富商。1271 年，馬可波羅 17 歲時，隨父親和叔父前來中國。他們穿過中亞大沙漠，翻越帕米爾高原，經絲綢之路，進入蒙古，1275 年到達中國元朝的京都，歷時近 4 年。

　　馬可波羅性格堅毅，在短時間內學會了蒙古人的禮儀，精通四種文字，並能夠熟練地運用它讀書和寫作。忽必烈發現他的這種才華，對他十分信任，常派遣他出使各地。他自稱足跡遠至中國的西南及鄰國緬甸、印度，並曾巡遊中國南方各省，還做過揚州地方官。

　　馬可波羅父子在中國住了 17 年，由於思鄉心切，藉護送克柯欽公主到波斯成婚之機，於 1291 年從福建泉州乘船離開中國，沿印度洋航行 18 個月後，到達波斯，1295 年才回到威尼斯。

　　1298 年，威尼斯和熱那亞這兩個意大利城邦之間發生海戰，馬可波羅參加的威尼斯艦隊戰敗，他不幸被俘，被關進監獄。在獄中，結識了作家魯斯梯謙，向他口述了自己在東方和中國的所見所聞，作家整理成書，這便是著名的《馬可波羅遊記》。

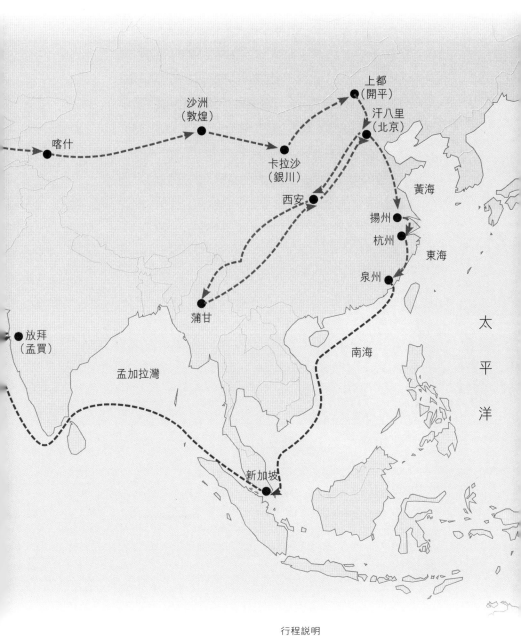

喀什

沙洲
（敦煌）

卡拉沙
（銀川）

西安

上都
（開平）

汗八里
（北京）

黃海

揚州

杭州

東海

泉州

蒲甘

放拜
（孟買）

孟加拉灣

南海

太
平
洋

新加坡

行程説明

- - - ▶ 馬可波羅從意大利來中國的路線
—— ▶ 馬可波羅從中國回意大利的路線

# 一、西亞中亞之行

## 大亞美尼亞（包括今土耳其，伊朗和亞美尼亞共和國）

　　大亞美尼亞是一個幅員遼闊的王國，入口處有一座城市叫亞清岡，以織造一種叫作邦巴清的精細棉布和其他各種奇異織物著稱。境內遍佈溫泉，泉水自地下湧出，十分潔淨。居民絕大部分為土著的亞美尼亞人，受韃靼人（中國古代北方遊牧民族名稱，此指元朝蒙古族）的統治。王國境內有許多城市，尤以亞清岡為最大，而且此城還是大主教的居住之地。其次是亞吉朗和達爾吉茲兩城。大亞美尼亞地域廣大，一到夏季因為有豐美的草原可供畜牧，所以東方韃靼人的一部分軍隊就來此駐紮；但到了冬季，這些軍隊又急急離開，因為這裏冬天大雪紛飛，天寒地凍，馬匹無法取得飼料，所以軍隊必須轉移到氣候溫暖，食物豐富的南方。如果從特勒比遵德到陶里斯（今伊朗西北部大不里士），途中一定會看到帕珀思城堡，這裏有一座儲量豐富的銀礦。

　　大亞美尼亞的中部有一座險峻的大山。據說諾亞方舟就停泊在山上，因此稱為方舟山（方舟山，即亞拉拉特山。據傳，這座古老火山的冰雪外衣裏包裹着諾

● 亞拉特山

亞方舟）。這座山佔地極廣，山腳沒有兩天時間是走不完的。山頂積雪終年不化，並且每下一次雪，新雪又堆積在舊雪上，因此無人能登上山頂。但是靠近山腳的平原地區，由於山間雪水的融化，使得土壤十分肥沃，草類極其茂盛。即使鄰近各國的牲畜在夏季都聚集在這裏，也不必擔心飼料匱乏。

大亞美尼亞的西南邊界毗臨摩蘇爾、馬列丁兩區，北部則與格魯吉亞接壤。大亞美尼亞的邊境地區有一座噴油井，產量很高，噴出的油必須用許多駱駝才能裝載。這種油，不能充作食品，只能用來製造一種軟膏，醫治人畜的皮膚病和其他病痛。它還可以當作燃料，鄰近各國的燈火都燒這種油，所以居民長途跋涉到這裏來販運這種燃料。

# 格魯吉亞王國

　　格魯吉亞的君主稱為大衛梅利克，這在我們的語言裏是指大衛王。這個國家一部分領土隸屬於韃靼人，另一部分則因為堡壘堅固，仍掌握在土著王公手中。格魯吉亞於兩個大海之間，西部的海叫黑海，東方的海叫阿巴庫海（裏海）。阿巴庫海方圓二千八百哩，帶有一種湖的性質，不和其他海相通。海中有幾個島嶼，島上有美麗的市鎮和城堡。其中有些島嶼住着一些難民，他們都是在韃靼人侵略波斯王國或波斯境內各城市時，為了逃避戰火來到這些島上的。當時還有一些難民則躲入山區的村寨中以求生命財產安全。剩餘的那些島則未被開發出來。阿巴庫海水產豐富，特別是那些流入該海的河流入口處，盛產鱘魚、薩門魚和其他各種大魚。格魯吉亞王國境內最常見的

● 土庫曼人

樹是黃楊木。有人告訴我，這裏古代的國君生下來時，右肩上都有一塊鷹的標誌。該國的人民都是訓練有素的勇敢水手，老練的弓箭手和善戰的勇士。他們都是基督教徒，保持着希臘教會的儀式，儀態和西方教士一樣，頭上留着短髮。

亞歷山大大帝曾企圖通過格魯吉亞向北擴張，但因為此地的某座關口地勢險要，難以通過而作罷。該關口全長四哩，一面瀕海，海浪滔天，另一面則是崇山峻嶺，林木茂盛，真是一夫當關，萬夫莫開的險要之地。亞歷山大大帝的這個企圖破滅後，就下令在這個地方築起了一道城牆，在城牆上還修建了武裝堡壘，藉此來抵禦外敵的入侵。由於這座關口易守難攻，堅固異常，於是得名鐵門關。據說，亞歷山大大帝曾經將韃靼人圍困在這裏。其實說他們是韃靼人，並不確切，他們根本不是韃靼人，而是一個雜居的民

• 印金夾衫

族叫庫馬尼族（即土庫曼族）。這個王國有許多市鎮和城堡，生活必需品十分豐富，盛產絲和一種絲與金線的交織物。這裏還發現了一種大兀鷹，叫亞維齊。人民以商業和手工業維持生計。國中多山，並且有許多狹小險峻的山路，人馬往來極為艱難，所以韃靼人不能完全征服他們。

## 巴格達

巴格達是一座宏偉的大城，是所有薩拉森人（歐洲人對伊斯蘭教徒的通稱，泛指阿拉伯人）的哈里發（穆罕默德的繼承人）──類似基督教的教皇──駐蹕之地。城中有一條大河穿過，商人往印度洋輸入或輸出的商品都走這條水路。不過由於這條河蜿蜒曲折，所以航程長達十七天。所有航行的船舶駛離河道前都要在啟西停泊，再由這裏入海。不過在到達啟西之前，還要經過巴士拉城，該城周圍有很多樹林，出產世界上最優質的海棗。

巴格達出產一種嵌金線的絲綢和繡花錦緞以及絲絨織品，所有這些產品都繡有飛禽走獸的圖案。幾乎所有從印度運往歐洲的珍珠寶石，都要在此地鑽孔。人們研究穆罕默德的法律和魔法的熱忱不亞於研究物理學、天文學、風水學、人相學。巴格達城是這個地區所能見到的最壯麗、最宏偉的城市。

# 波斯王國（伊朗）

波斯在古代是一個強盛的王國，但現在大部分地區都被韃靼人毀滅了。

波斯王國以飼養馬匹而著稱於世，大量的馬匹運往印度出售，價格十分昂貴，每匹通常不低於二百利佛托洛（少於二百金鎊）。波斯還是軀體龐大、體形優美的驢子的飼養場。當地驢子的價格還在馬匹之上，因為驢子容易飼養，能馱較重的物品，走較遠的路，這都是馬和騾子趕不上的。商人從這一王國到那一王國，必須經過廣闊的荒原和水草匱乏的沙漠，即使有清泉或水源的地方，也相距甚遠，因此每天的行程都很長。所以商人喜歡使用驢子，因為驢子在經過上述地帶的時候十分迅速，而且所需的飼料又很少。這裏的商人也偶爾使用駱駝，牠們同樣可以運載重物，飼養的費用也很少，只不過速度不如驢子快。商人將馬匹運到啟西、忽里模子和印度洋沿岸的其他地方，賣給那些馬販子再轉運至印度。但是，由於印度天氣酷熱，這些出產於溫涼地帶的馬匹，不能存活很久。

波斯境內有些地方的居民屬於野蠻民族，殘暴嗜殺，互相殘害也都是司空見慣的事。他們如果不是因為害怕東方韃靼人的殘酷懲罰，一定會傷害更多的過往商旅。不過，也有一種方法，可以保護商旅。凡是在這些危險地帶行走的商旅，可以從居民中僱一名嚮導，由嚮導護送他們從這個地區到另一個地區，並同時保證他們的安全。這些嚮導根據路程的遠近，向每隻運貨牲口收取三或四個銀幣。他們都是伊斯蘭教徒。

在王國的各個城市中都有許多商人和無數製金銀器皿的工匠。這個王國盛產棉花，同時出產小麥、大麥、粟和其他穀類，還有葡萄及各種水果。

## 木剌夷的山中老人

山中老人所住的地區叫木剌夷（今伊朗北部），在薩拉森人的語言中是指異教徒的聚居地，他的人民也被稱為木剌夷，或異教徒，和我們用帕達利尼去稱呼基督教徒中的某些異教徒一樣。關於這個首領的事跡，是馬可‧波羅從好幾個人那裏聽來的。

山中老人名叫亞洛丁信奉伊斯蘭教。他在兩座高山之間的一個美麗的峽谷中，建造了一座華麗的花園。所有的奇珍異果，鮮花美卉，園內都應有盡有。同時各處還建有大小不一，結構各異的宮室。宮室內裝飾着金線刺繡、繪畫和各種富麗堂皇的傢具。而且還安裝着各種管子，可看見美酒、牛乳、蜜糖和清水在各處流淌。

住在宮室裏的都是些文雅美麗的妙齡女郎。她們對於唱歌、演奏、跳舞等藝術無不精通，尤其善於調情和迷惑男人的手段。這些女子濃妝艷抹在花園和亭閣中遊戲行樂。服侍她們的女侍都深鎖宮中，不准拋頭露面。這個首領之所以造此迷魂奪魄的花園：是因為穆罕默德許諾，讓信徒進入極樂園，享受人間至樂，在美麗神女的仙境中，嘗盡耳目之好和肉體的歡娛。因此山中老人也要自己的追隨者相信，他也是一個先知，同穆罕默德一樣，有權力讓他喜歡的人進入極樂園。

他為阻止一般人未得許可，擅自進入這個幽雅的區域，特在峽谷的關口建造了一個堅固無比的城堡，入口處是一條秘密的道路。他在朝中又豢養了一批少年，年齡從十二歲至二十歲，都是選自附近山區的居民，這些人受過一些軍事訓練。

某些時候，老人會用一種麻藥把十或二十個青少年麻醉，等他們昏迷後就將他們搬到花園中的各個宮室裏去。等這些青年人從迷幻的狀態中蘇醒過來，每個人都被可愛的少女包圍着，少女既歌且舞，又用最勾魂奪魄的接吻與擁抱愛撫他們；供給他們佳餚美酒，讓他們在真正的牛乳和酒的小溪中盡情享樂陶醉。此時他們相信自己的確是在極樂園中。

等這樣生活四五天，他們再次被麻醉，送出花園。帶他們到老人的面前，問他們曾經在何處，他們的回答是："在極樂園，是由於大王的恩賜。"

這個首領乘機說道："我們的先知保證，凡擁護他的主人的人都將進入極樂園，如果誠心服從我的命令，這種幸福的生活就在等待你們。"所有人都深受鼓舞，一旦得到主人的命令，便十分快樂，並勇敢地為他服務，萬死不辭。

這個方法的後果是：鄰國的王公或其他人一旦冒犯這個首領，便會被他的訓練有素的暗殺者刺殺。這種人只要能夠履行他們主人的意志，即使犧牲自己的生命，也在所不惜，因為他們已把生命看得很輕。因此老人的專制變成了鄰近所有國家恐怖的源泉。

老人派了兩個代表，一個駐在大馬士革的附近，一個住在庫爾德斯坦。他們在那裏執行他的訓練青年刺客的計劃。無論怎樣有勢力的人，一旦與山中老人為敵，都免不了被暗殺的命運。

這個老人的疆土恰好在蒙哥大汗的兄弟旭烈兀的領域內。旭烈兀曾經得到過關於老人兇惡殘忍和縱容人民搶劫過路旅客的報告，於是在 1252 年，特意派遣一支軍隊去圍攻老人的城堡。但是由於老人拚死抵抗加上城堡的堅固，整整圍了三年，竟不能得手。最後由於堡內彈盡糧絕，老人才被迫投降。山中老人被俘後，被處死刑，他的城堡被解除了武裝，極樂園也被夷為平地。自此以後，便沒有山中老人了。

## 巴達哈傷王國（阿富汗的巴達赫尚省）

巴達哈傷王國的人民是伊斯蘭教徒，自有其特別的語言。這是一個遼闊的王國，全境約十二日的路程，受世襲君王的統治。他們都是亞歷山大大帝和波斯王女兒的後裔。

這個地方出產寶石，用國名命名的巴拉斯紅寶石，質美價高。寶石出產在高山峻嶺中，但是只從一座名叫錫基南的山裏開採。國王下令在此山中開礦，和開採金銀一樣，只有經過這個礦脈才能開採寶石，除非他特別恩准允許私自開採，否則開掘者都將處以死刑。

國王有時將這些寶石作為禮物，送給過境的外國人，因為他們不能從別人那裏買到這種寶石。沒有國王的允許，誰也不能私自帶這種寶石出境。這些限制的目的是為了使國內的紅寶石——他以為自己的榮譽和寶石有關——保持尊貴和高價。因為如果隨意由人開採，任何人都可以購買並運出國，勢必造成數量大增，而寶石價值必定下降。國王的寶石有些是作為禮物送給其他君王與王公，有些是作為貢品獻給他的君主，有些則作為商品與人交換金銀，在這項買賣中此種寶石是可以運出國的。

還有一些山中蘊藏着青金石，這種礦石可以生產天青色的紺青，是世界上最佳的產品。此外銀礦和鉛礦的產量也極為豐富，國內的氣候頗為寒冷。

這裏豢養的馬匹十分優秀，奔跑如飛，牠們的蹄子堅硬異常，不必再釘鐵掌。在其他牲畜不能或不敢跑的斜坡，土人就會乘着此種馬馳騁往來。據當地人說，不久以前，王國中仍有亞歷山大的名馬標寒法拉斯的遺種。這種馬一生下來額頭上就有一種特別標誌。但全部馬都在君主的一個叔父手中，叔父因為不肯讓給他的姪兒，而被處死刑。王叔的寡妻被這種慘殺所激怒，竟將所有馬都毀了，因此這種名馬就此絕種了。

山中有一種隼叫薩克爾，是一種優秀的猛禽，善於飛翔；還有一種隼叫作蘭列，為數甚多。此外還有一個短翼鷹種和鷂。該國的居民都長於獵取禽獸。國內還出產優良的小麥和一種沒有籽苞的大麥。他們雖沒有橄欖油，卻從某些硬殼果和一種叫作胡麻子的東西中榨出油來。這種胡麻子除掉顏色較鮮明外，很像亞麻子，但是它所產的油質量較高，比其他任何油的味道都好。韃靼人和此地其他居民都用這種油。

這個王國內有許多狹隘的關口和要塞，可以用來抵擋任何外國強敵武裝侵入。居民是優良的弓箭手和靈巧的獵人，通常以野獸皮為衣，因為其他衣料比較稀少。岡巒起伏的群山成為無數羚羊的草場，牠們四、五百甚至六百為一群，都是野生的，雖然大批地被捉獲宰殺，但數目並不見少。

這裏的山都非常高，要到達頂峰，就得從早到晚走個不停。群山之間有草木茂盛的廣大平原，有岩石裂縫中湧出的最清潔的溪流。這些水流中有鱒魚和其他多種優質的魚。山峰上的空氣非常清潔衛生，凡住在市鎮、平原和山谷的人如患熱病或其他炎症都可移居山頂上，住三四天，即可恢復健康。馬可‧波羅證明，他對於這種清潔空氣的效能有過親身的經驗，因為他在這裏生病將近一年，有人勸他移住山頂，換一換空氣，不久，果然痊癒了。

在上等階層的婦女中流行一種特別的裝束，她們腰以下所穿的衣裙像褲子一樣剪裁，依照自己的財力，用八十或六十厄爾（厄爾等於四十五寸）精緻的棉布，重重摺疊包住自己的臀部。臀部最臃腫的人，就算最漂亮的人。

# 哇罕王國（阿富汗北部瓦汗）

離開巴達哈傷王國，向東北與東之間的方向前進，經過兩岸的許多城堡與居民點——屬於這裏君主的兄弟。三日行程之後，到達一個叫作哇罕的王國。這個地方寬廣各有三日路程的距離，居民為伊斯蘭教徒，有一種清晰的語言。人民態度文明，勇敢善戰。他們的首領所管轄的土地是巴達哈傷君主的封地。他們用各種方法捕捉野獸。離開這個國度後，仍向東與東北之間的方向再繼續走三日，終於到達一座大山的頂巔，此山高聳入雲，完全可以使人相信它的山峰是世界最高的地方。在這裏的兩個山脈之間可以看見一個大湖，有一條河發源於此，流經一個廣闊的平原。平原上有豐富的青草，草質非常優美，即使最瘦的畜牲在這裏吃草十日，也一定會變得膘肥體壯。

這個平原有大批的牲畜，特別是綿羊最多，羊體肥大，羊角長達三、四掌，有的甚至長達六掌。牧羊人用這些角製成勺和器皿，用來盛放食物。還用這種羊角替羊織成籬笆，防止狼侵入，據說這一帶到處都是野狼，吞噬了許多野綿羊或山羊。綿羊的角和骨頭數量眾多，堆在路旁，可以在積雪的季節引導遊客，以免他們迷路。

這個高原名叫帕米爾高原，沿高原走十二日，看不見一個居民，因此出發前必須準備好一切路上所需的食物。此處群山巍峨，看不見任何鳥雀在山頂上盤旋；同時因為高原上空氣稀薄的緣故，點起火來，不能產生與低地同樣的熱力，對於烹煮食物也難以產生同樣的效果，這種現象雖然讓人覺得不可思議，但卻是被事實證實了的。

- 帕米爾高原

# 二、絲綢之路

## 喀什噶爾城（即新疆喀什）

終於我們到達一個叫喀什噶爾的地方，據説這裏從前是一個獨立的王國，但現在隸屬於大汗的版圖。居民信奉伊斯蘭教。這個省十分遼闊，有許多市鎮和城堡，喀什噶爾是其中最大的和最重要的。居民的語言是他們所特有的。他們以商業和製造業為生，棉織業尤其發達。他們有美麗的花園、果園、葡萄園，棉花、亞麻和大麻的產量都十分豐富，國中的商人遍佈世界各地。實際上，該國的居民是一群污穢而可憐的人，食品粗糙不堪，飲料質量尤其低下，居民除伊斯蘭教徒外，還有一些聶斯托利派的基督教徒，他們按自己的法律生活，並有自己的教堂。全省的面積為五日的路程。

## 和闐城（今新疆和闐）

向東南和東方之間的方向前進，就到達了和闐，全省的距離為八日的路程。此省是在大汗的版圖之內，人民是伊斯蘭教徒。省內有許多城市和要塞，但主要的城市是和闐，省的名稱也與城名相同。一切人民生活所必需的東西，這裏都極為豐富。同時此處還盛產棉花、亞麻、大麻、穀類、酒和其他物品。居民經營農場、葡萄園，並有無數花園，他們以商業和製造業維持生活，但並不是勇敢的戰士。

## 玉石河

貝恩（新疆巴音郭楞內）是一個省份，全省面積約為五日路程，位於東與東北之間。它也屬於大汗的版圖，有許多城市和要塞，其主要的城市也叫作貝恩。省內有一條河流經過，河牀中有許多名叫玉髓和碧玉的寶石。居民的一切物品都用它們來換取。棉花也是這裏的特產。

● 玉龍喀什河

這裏的居民以商業和製造業為生，他們有一種奇特的風俗，凡結過婚的男人離家外出二十日，他在家的妻子就有改嫁的權利；男子也同樣可以到別處另外娶妻安家。

## 羅布鎮

羅布鎮位於東北方，靠近一個大荒原——羅布荒原——的入口處。此鎮屬於大汗的版圖，居民信奉伊斯蘭教。所有要經過羅布荒原的旅客，通常都在此處停留一段時間。一方面可以恢復體力，另一方面可以預備將來行程所需要的物品。他們將食物和商品都裝在那些強壯的驢子和駱駝背上。如果這些牲畜在走完這個荒原之前，就已精疲力竭，不能前進的話，商旅就殺而食之。不過這裏的人用駱駝的多，用驢子的少，

• 羅布泊

因為駱駝能載重物，而食量又小，比較合算。

通過荒原的人必須準備能夠支援一個月的食物，因為即使從荒原的最窄處穿過也需要一個月時間。倘若要穿過它的最寬部分，幾乎需要一年的時間，而要攜帶如此多的食物，實在是不可能的。在這三十天的路程中，不是經過沙地，就是經過不毛的山峰。不過在每晚所停留的地方可以找到水，水量雖然不多，但卻足夠供給一百人和他們所攜帶的牲口之用。有三、四個停留地的水又苦又鹹，但其餘二十處的水卻都是甜的。這一帶沒有任何禽獸，因為沒有足夠的食物可以養活牠們。

這個荒原是許多可惡的幽靈的住所。牠們戲弄商旅，使他們產生可怕的幻覺，陷入毀滅的深淵。有些旅人如果在白天睡覺或被其他事情所困，落在後面，而駱駝商隊卻已經轉過山腳，不見了蹤跡。那時，他們就會突然聽見有人在呼喚自己的名字，並且口音很熟。他們誤以為是同伴的呼叫，就會跟着呼聲走下去，而這恰恰誤入了歧途，迷失了方向，最後只好坐以待斃。如果在晚上，掉隊的人會聽見大隊人畜在道路的這邊或那邊行進的聲音，他們又會認為這是他們同伴的足音，於是向發聲地方走去。等到天一破曉，他們才發現自己已經離開了大道，陷入了一個危險的境地。這些幽靈有時在白天幻化成他們同伴的樣子，呼喚他們的名字，並盡力引導他們離開正道。據說還有些人在經過這個荒原的時候，看見一支全副武裝的軍隊迎面而來。為了不被搶掠，這些人便奪路而逃，但卻困此迷失了方向，不知道往哪邊前進，最後悲慘地餓死。據說，這些幽靈有時會在空中發出樂器的響聲、鼓聲和刀槍聲，使商旅們不得不縮短隊伍，採取密集隊形前進。商旅們在晚上休息之前必須小心謹慎定下一個前進的標誌，來指出第二天要走的路，並在每隻牲畜的身上掛一個響鈴，以便在失散後易於控制。這就是經過這個荒原時不可避免的麻煩與危險。

## 沙州城（今甘肅敦煌）

走完這三十日路程的荒原後，便到達一個叫作沙州的城市。它隸屬於大汗的統治，是唐古多省（即西夏王國，即今寧夏、甘肅等地）的一部分，人民是偶像崇拜者（指佛教徒）。他們中有土庫曼人，少數是聶斯脫利教派和伊斯蘭教徒。那些偶像崇拜者有自己特殊的語言。這個城市位於東與東北之間。居民不從事商業，而主要從事農耕，此處盛產小麥。

城中有許多寺院，寺中供奉着各種各樣的偶像（即佛像）。居民對這些偶像十分虔誠，常常祭以牲畜。當他們的兒子出生時，他們就祈求一個偶像來保佑他。父親為了敬神，特意在家中養一頭羊。一年過後，遇上這個偶像的特別祭日，父親就帶着兒子和羊到神的面前，用羊作為禮物來祭祀偶像。他們將羊肉煮熟，供在神前，並長時間的祈禱，主要是祈求神保佑自己的兒子不生病痛。他們認為在這個祈禱時間內，羊肉的氣味都會被神吸收去，於是就將殘留的物質帶回家中，邀請所有親友以虔誠的態度，興高采烈地大吃一頓。最後把骨頭收集起來，用精緻的器皿保存下來。偶像的祭司們也可分得頭、腳、腸、皮和某些部分的肉。

這些偶像崇拜者對於死人也要舉行一種特別的埋葬儀式。當一個有身份的人去世，等待安葬的時候，他的親屬就去拜訪一些占星家，告訴他們死者出生的年、月、日、時，占星家根據這些資料來觀察星宿。等到他們確定了星座或標誌，知道了死者出生時的那顆行星位於某個星座後，就立即指明舉行葬禮的日期。如果這顆行星那時不是上升的話，他們就要求停屍一個星期或一個星期以上，有時可能要停留半年之久，然後才能安葬。死者親屬為趨吉避凶，不到占星家指定的那個適當的日期，不敢掩埋死者。

因為這個緣故，屍身有時必須長時間停放在家中。為了防止屍體腐爛，他們用一手掌寬（約七、八寸）的木板製成十分堅固的棺材，再在外面塗上厚漆，並撒入大量的香樹膠、樟腦和其他藥物，最後才把用綢緞包着的屍體放入棺內。在棺材停留的時間內，供桌上每天要擺放酒食，時間為一頓飯，為的是讓死者能夠享受食物的香氣。占星家有時會對親屬說，他們觀察天象的結果，屍體不宜從大門運出，若不聽從，必對家屬不利。於是親屬只得將屍體從旁門運出。在很多場合，占星家竟強迫死者親屬穿牆運屍，認為如果不這麼辦，死者的靈魂會發怒並出來作祟，給家庭帶來禍害。

因此當任何不幸的事情降臨喪家，或喪家中有人遭遇一樁意外的事，或破敗、早夭，占星家必定會說這是由於不在死者出生時的星宿上升之際舉行葬禮，所以受到了這樣殘酷的報復，再不然就歸咎於屍體沒有從適當地方運出。

埋葬的儀式必須在城外舉行，所以死者家屬在沿途經過的某些地方建造一種只有一根支柱，並用絲綢裝飾的小屋，作為臨時停柩之地。每到一處他們便將酒肉置於死者棺前，如此下去，直到墳地才作罷。他們認為這樣做，能使死者的靈魂得到休息，有力氣跟著行進。同時在埋葬前，還有一種儀式，就是他們預備某種樹皮製的大批紙片，在上面畫上男女、馬、駱駝、錢幣和衣服等圖形，與屍體同埋在一起。他們認為死者在陰間將享有紙上所畫的人和一切物品。進行這些儀式時所有的樂器都十分嘈雜地響個不停。

## 欽赤塔拉斯城（今新疆吐魯番）

欽赤塔拉斯城北鄰荒原，全區面積為十六日的路程。這個地區隸屬於大汗，有許多城市和要塞。居民分成三個教派。少數居民奉行聶斯托利派的教義，相信基督；第二派為伊斯蘭教徒；第三派為偶像崇拜者。境內有一座高山，山中蘊藏著鐵、鋅和銻。

當地有一種物質具有火蛇的性質，因為將它織成布匹投入火中，決不會燃燒。我的一個遊伴叫庫非

● 石棉

卡，是一個聰明的土庫曼人，曾指導過本地礦山工作達三年之久。我從他那裏得知製造這種物質的方法。從山中開採的礦石材料是一些纖維，但不像羊毛的纖維，將這種東西曬乾後投入一銅臼中搗碎，然後在水中洗去泥沙。這樣洗乾淨的纖維混合在一起，紡成紗，織成布。如果想使這種布白淨，就放在火中燒一段時間，拿出來絲毫不受火的灼傷，並且和雪一樣潔白。布如果弄污穢後可再投入火中去漂白。關於傳說中生活在火中的火蛇的故事，我在東方各處從沒有發現絲毫痕跡。據說，大汗用這種材料織成一塊桌布送給教皇，作為耶穌基督的聖巾。此物現保存在羅馬。

## 肅州（今甘肅酒泉）

　　肅州境內有許多市鎮和堡壘，主要的城市也叫肅州，居民大多數是偶像崇拜者，也有一些基督教徒，受大汗的統治。

該省境內的山區中盛產最優質的大黃。由各地商人運到世界各處出售。當商人經過這裏時，只能僱用習慣當地水土的牲畜，不敢使用其他牲畜。因為此處山中長着一種有毒植物，牲畜一旦誤食，馬上會引起脫蹄的悲慘下場。但是當地牲畜懂得這種植物的危險，能夠避免誤食。肅州的居民以水果和家畜為食，不經營商業，這個地方很適宜養生，當地人的皮膚呈暗褐色。

# 甘州（今甘肅張掖）

甘州是唐古多省的省府城市，頗為宏大，城內有管轄全省的政府機關。大多數居民是偶像崇拜者，但也有些基督教徒和伊斯蘭教徒。基督徒在該城中修建了三座宏偉的教堂。偶像崇拜者也按照本省的風俗，建造了許多廟宇，供奉着大量的偶像。其中有些是木雕的，有些是石製的，有些是泥塑的，但這些偶像都裝飾得十分富麗並全身都貼了一層金皮。就雕刻本身講，也是千姿百態，栩栩如生，有些偶像魁梧高大，有些卻小巧玲瓏。其中有的偶像呈側臥式長十步，小鬼則在後面，像弟子一樣恭敬侍立。這些偶像都極受當地居民的敬仰。偶像崇拜者中間的祭司——按照他們的道德觀念——所過的生活比其他人都要高尚，他們不吃肉，不結婚。這裏的居民對於不守禮法的通姦並不看成一種嚴重的罪惡。他們的信條是：通姦如出自女性的意願則不犯罪；只有出於男人的引誘，才是犯罪。

他們所用的日曆，在許多方面與我們的曆法頗為相似。按照這種曆法的規定，每月逢三、四、五的日期，不許殺生流血，也不吃肉，這和我們在禮拜五、安息日，和各聖徒節日前夕所保持的習慣一樣。

馬可‧波羅和父親、叔父因故，在這個城市大約逗留了一年。

## 西涼王國（今甘肅武威地區）

離開甘州，向東方走五天——旅客在途中常被夜間幽靈的聲音所驚擾——到達一個王國，叫作西涼國，隸屬大汗，在唐古多省境內。這個王國內有幾個諸侯的領地，居民大多數是偶像崇拜者，其中也有一些聶斯脫利派教徒和伊斯蘭教徒。

西涼是王國內許多城市和要塞中最大的一個，從這裏向東南方前進，可以到達契丹。途中會經過一座叫辛猶的城市，屬於辛猶省。省內有許多市鎮和城堡同樣屬於唐古多省，在大汗的統治之下。這個省區的居民大多都是偶像崇拜者，不過也有一些伊斯蘭教徒和基督徒。

這裏有一種野獸，大小可與大象相比。牠們的顏色黑白相間，十分美麗，除掉肩上的毛高達三手掌之外，全身其餘的毛都十分光潔，向下垂着，牠們的毛是白色的，比絲更加柔軟細密。馬可‧波羅被好奇心所驅使，曾帶了一些這種毛回威尼斯，親眼看見的人都覺得所説不假。這些野獸有許多已經變成家畜。牠們和普通母牛交配生下的小牛犢，十分珍貴。牠們耐勞的程度比其他任何一種牛都要高。這種新品種力大無比，比普通牛能馱更重的東西，能做兩倍的工作。這裏還出產最優質、最值錢的麝香。產出這種香的是一種叫瞪羚的野生動物。牠的毛皮和一種較大的鹿相似，牠的尾巴和腳與羚羊相似，但頭上卻沒有角。牠有四枚突出的牙齒，長約三吋，上下牙牀各生兩個，細長潔白宛如象牙。就整體講，這是一種美麗的動物。取得麝香的方法如下：每當月圓之夜，這種瞪羚的肚臍處有一袋凝固的血，專門獵取此物的人，利用月光，割下這個皮囊，曬乾。這種麝香可以發出很大的香氣。他們還捕捉大批的瞪羚。瞪羚的肉也頗為可口。馬可‧波羅曾將乾瞪羚的頭和腳帶回威尼斯。

• 犛牛

當地的居民從事商業和製造業，並出產穀物，十分富裕。王國的面積為二十五天的路程。省內有一種雉，個頭比我們的雉大兩倍，比孔雀略小些，牠的尾翎長約八手掌。同時還有一種雉，牠們的體積和形態與我們的一樣。其他鳥雀的種類也很多，有的羽毛美麗異常。

居民是偶像崇拜者，他們大多身體肥胖、短小，頭髮烏黑，幾乎不長鬍子，即使有也為數不多。上層的婦女也同樣毛髮稀少。她們面目清秀，體型嬌好。男子大多貪戀女色，按照他們的法律和風俗，只要有維持生活的能力，男子可以任意娶妻。某個青年女子即使出身貧寒，只要美麗動人，富人就會娶她為妻，並且為了能娶得上她，會向她的父母和親屬送上價值不菲的禮物。美麗是他們唯一注重的特質。

## 卡拉沙城（今寧夏銀川）

離開西涼王國，向東走八日，到達一個地方，名叫寧夏王國，仍屬於唐古多省，受大汗的統治。這個區域中有許多城市和城堡，主要的城市叫作卡拉沙。居民大都是偶像崇拜者，但聶斯托利派的基督教教徒也有三個教堂。居民用駱駝毛和白羊毛製成一種美麗的駝毛布，是世界上最好的產品。這裏還有一種美麗的白色駱駝絨，是居民用白駱駝的毛來織造的。商人大量地購買這些布匹，運銷許多國家，特別是銷往契丹。

# 三、韃靼人的遊牧生活

## 韃靼人的發源地

　　哈喇和林（今蒙古中部鄂爾渾河中遊地帶）是韃靼人最早定居之所韃靼王國的源起之地，哈喇和林城周長約三哩，是韃靼人在遙遠時代最早定居的地方。這個地方沒有石頭，所以只能用堅固的土壘圍繞着作為城牆。在城牆附近有一個規模宏大的堡壘，裏面有一座豪華的巨宅，是當地統治者的住所。

　　現在應該介紹一下這些韃靼人建國的始末。韃靼人原先住在與女真為鄰的北方，沒有固定的住所。也就是說，沒有城市和要塞，只有廣闊的平原和豐茂的草場，寬闊的河流和充足的水源。他們沒有自己的君王，而隸屬一個強大的王國，有人告訴我，在韃靼人的語言中，這個王國的君王叫王罕。韃靼人每年把自己飼養的牲畜的十分之一進貢給王罕。

　　但是這個種族的繁衍非常迅速。王罕察覺了他們的實力，十分擔心他們聯合反叛。於是他下令將他們分成許多部落，分散居於國內各個地區，如果他的某個屬地發生叛亂，他便從其他部落中每百人抽三、四人去當兵，來鎮壓叛亂。因此韃靼人的力量逐漸削弱了。同時，王罕又派遣他們遠征其他地區，並委任親信官吏監督他們，以便順利執行他的命令。

轄靼人終於發現了王罕奴役他們的企圖，決定團結各部落，組成聯盟。同時因為王罕正打算徹底消滅他們，所以他們就決心採取行動，遠離自己原來居住的地方，向北遷移，穿過一個廣闊的荒原，一直走到遙遠的、自我感覺安全的北方。從此以後，他們不再向王罕繳納任何貢物。

## 韃靼人的大汗

自從韃靼人遷居到新的地方後，他們選舉成吉思汗為自己的君王。成吉思汗體格健壯，聰明機智，擅長辭令，更以勇敢而著稱，他的統治十分公正謙和。人民不僅把他當作君王，簡直視他為自己的主人。他的善良、偉大的品格遠播各地，所以所有的韃靼人無論住在多麼偏遠的地方，都願意服從他的命令。成吉思汗看到自己統治着這麼多勇敢的人民，便雄心勃勃地想要離開這個蠻荒之地。他命令他的人民準備好弓箭和他們所擅長的其他武器，率領他們攻城掠寨，佔領了許多城市和省區。成吉思汗憑藉他的公正與德行贏得了廣大人民的擁護。他所到之處，人民都十分歡悅，都以得到他的保護和恩惠而感到幸福。

成吉思汗駕崩後，窩闊台汗繼位，第三個繼位者是拔都汗（註：拔都並未登基為汗），第四個是貴由汗，第五個是蒙哥汗，第六個是忽必烈汗。忽必烈汗比以前所有的汗更偉大，更有勢力。事實上，即使將前五個汗都加起來，也不如他那樣強盛，並且我還要說得誇張些，即使將世界上一切基督徒的皇帝與君主集中起來——並額外加上薩拉森人——也沒有這樣的勢力，或能達到忽必烈那樣的功勳。他是世界上一切韃靼人——黎凡特和波南特的韃靼人在內——的主人，因為這些人都是他的臣民。

## 韃靼人的生活習俗

　　既然我們已經說到了韃靼人，不妨更加詳細地介紹一下他們的情況。韃靼人永遠不固定地住在一個地方。每當冬天來臨的時候，他們就遷移到一個比較溫暖的平原上，以便為他們的牲畜找一個水草充足的牧場。一到夏天他們又回到山中涼爽的地方，那裏此時水足草豐，同時牲畜又可避免馬蠅和其他吸血害蟲的侵擾。他們在兩三個月裏不斷地向高處跋涉，尋找新的牧場，因為任何一個地方的水草都不足以飼養這樣大群的牲畜。

　　韃靼人的小屋是用木桿和氈子搭成的，小屋裏圓形，並且可以任意摺疊，捲成一捆，當作包裹。當他們遷移時，就把這個包裹放在四輪車上，帶着同行。當他們搭建幕屋時，會將出入的門朝向南方。除了四輪車子外，他們還有一種兩輪的優質車子，也同樣用黑氈子蓋着，並且製作得也十分精巧，即使整天下雨，車中的人也不會感到潮濕。韃靼人的妻子、兒女、日常用具以及所需的食物，都用車子運送。車子由牛和駱駝拖着前進。一切買進賣出的商業都由婦女經營，丈夫和家中所需要的每樣東西也都由她們準備。至於男子的時間全都用於打獵放鷹和軍事生活方面。他們擁有世界上最好的隼和最優秀的獵犬。

韃靼人完全以肉、乳為食品，一切飲食都來自他們狩獵的動物。他們吃一種像兔子一樣的小動物（土撥鼠）。這種動物一到夏季，就遍佈在草原各處。同時他們還吃各種動物的肉，如馬肉、駱駝肉，甚至於狗肉，只要是肥壯的，都是他們的佳餚美味。他們喝馬乳，並且釀製得非常精細，味道和白酒一樣。

• 韃靼人

# 韃靼人的戰爭習慣

　　韃靼人的武器主要是弓、矢、鐵矛，有時也用長槍，但他們從兒時起就用弓矢來作遊戲，所以弓矢是他們最熟練的武器。他們所穿的甲冑是用硝製過的水牛皮和其他獸皮製成的，極其堅硬。他們打起仗來，十分勇敢，從不看重自己的生命，遇到任何危險都不願後退。他們的性情十分兇殘。

　　韃靼人能夠忍受各種各樣的困苦。必要時，他們能以馬乳維持一個月的生活，或者以他們所能捉到的其他野獸充飢。他們的馬只用草來飼養，從不用大麥

• 馬可波羅的形象，大家想像他穿着韃靼服裝，手持強弓，腰佩馬刀的樣子

或其他穀類。男子要接受在馬背上兩天兩夜不下來的訓練，當馬吃草時，就睡在馬背上。世上沒有一個民族在困苦中能夠表現出他們那樣的剛毅，在匱乏中表現出那樣的堅忍。韃靼人對長官的命令絕對服從，而維持生活又只需少量的費用。正是因為他們具有士兵所必需的一切優點，所以能夠征服整個世界。

當韃靼人的一個大首領遠征時，他自己總是充作騎兵的前導。軍隊的組織狀況是，元帥任命十夫長、百夫長、千夫長和萬夫長。十夫長聽命於百夫長，百夫長聽命於千夫長，千夫長聽命於萬夫長。

因此每個軍官只要領導十人或十個集團的人。每一百人的隊伍稱為一忽思，每十個忽思組成一敏黑。當隊伍前進時，有兩百人的一支隊伍作為前衛，先行兩日，兩側和前後也都有衛隊，以避免受到敵人的突然襲擊。

韃靼人遠距離行軍時，從不攜帶紮營和烹煮的器具，前面已經說過，他們可以大半月只靠馬乳維持生活，他們帶着一種氈製的小帳篷，用來避風遮雨。當情況緊急，急需要派探子時，他們能夠馬不停蹄地奔馳十日，既不生火，也不進餐，只用馬血維持生命。必要時每人割破自己戰馬的一根血管吮吸馬的血。

韃靼人又將乳品弄乾，製成糊狀，作為食物。它的製法如下：先將乳煮開，把浮在上面的乳脂部分取出，放在另一個器皿中做乳油。因為此物如果留在乳中，乳液就不會凝成固體。然後再將取出乳油的乳酪曬乾備用。行軍時，每人帶十磅在身邊，每天早晨將半磅乾乳放入一個皮袋中，加上適量的水，他們騎在馬上，皮袋受到劇烈的震動，使其中的乾乳變成一種薄粥。他們就用這個作為自己的食物。

當這些韃靼人打仗時，從不與敵人絞在一起。他們只是圍着敵人，首先從一邊發箭，然後從另一邊射箭。他們有時也佯裝逃跑，引誘敵人追擊，然後又從背後發箭，射殺對方的人馬，就像正面交戰一樣。在這種戰術中，敵人開始以為獲勝，實際上最後一定失敗，因為韃靼人誘敵深入後，又回轉來重新作戰，擊敗敵人的殘餘部隊。因此無論對方怎樣努力作戰，最終都會成為韃靼人的俘虜。韃靼人的戰馬轉向的速度十分迅速，吆喝一聲，戰馬可以立即轉向任何方向。他們憑藉這項優勢獲得了許多勝利。

不過這裏所說的一切，是指韃靼人原來的樣子，現在他們已經退化不少了。住在契丹的韃靼人已經拋棄了自己的習慣，適應了那些偶像崇拜者的風俗，而住在黎凡特各省的人已經被薩拉森人同化了。

# 四、大汗的豪華宮殿

## 上都的豪華宮殿

　　離開上述的城市後，向東北方走三天，就到達了上都（今內蒙古錫林郭勒盟正藍旗）。上都是忽必烈大汗所建造的都城，他還用大理石和各種美麗的石頭建造了一座宮殿。該宮殿設計精巧，裝飾豪華，整個建築令人歎為觀止。

　　該宮殿的所有殿堂和房間裏都鍍了金，裝飾得富麗堂皇。宮殿一面朝城內，一面朝城牆，四面都有圍牆環繞，包圍了一塊整整有十六哩的廣場。除從皇宮外，別無其他路徑可以進入該廣場。這個廣場是大汗

● 元上都宮殿遺址

的御花園，裏面有肥沃美麗的草場，並有許多小溪流經其間。鹿和山羊都在這裏放牧，牠們是鷹與其他用來狩獵的猛禽的食物，這些動物也棲息在這個御花園中。除鷹外，其他各種鳥雀不下二百餘種。只要居住在上都，大汗每星期都要來此巡遊一番。

當大汗騎馬馳騁在這片草地上的時候，他常命令侍衛帶上一頭或數頭小豹同行。當大汗高興時，就會放出這些小豹，這些小豹則馬上就會撲向牝鹿、山羊或黃鹿。而大汗卻將小豹獵取的動物送去餵鷹，僅藉小豹的獵獸取樂而已。

御花園的中央有一片美麗的小樹林，大汗在林中修建了一個小亭，亭內有數根美麗的裝飾着黃金的圓柱。每根圓柱上都盤着一條龍，這些龍，頭向上承接着亭子的飛簷，龍爪向左右張開，龍尾向下垂着，龍的全身也塗着金漆。亭頂和其他部位一樣，是用竹子做的，油漆得很好，可以防潮。這個亭子所用的每根竹子的周長約有三手掌，長約有十噚（古代長度單位，一噚約為八尺），劈成兩半，除去節頭，便成了水槽。它們一正一反鋪成了頂。同時為了防止大風颳翻屋頂，每片竹子的兩端都綁在亭子的檁條上。亭子的每一方和天幕一樣有二百條以上的堅固的絲繩繫着，否則由於建築材料較輕，整個亭子可能會被大風吹倒。該亭的設計美妙精巧，一切部分都可以拆開、移動並且重新組裝。因為這裏氣候溫和，有利於健康，所以大汗常選擇這裏作為休息遊戲之所。在每年的六、七、八這三個月中巡幸於此，並在每年的陰曆八月二十日離開這裏，到一個固定的地方舉行祭典。

　　大家必須知道，大汗豢養了上萬匹牝馬，牠們色白如雪。只有成吉思汗的直系親屬才有權利飲用這種馬的乳汁。此外還有一個叫霍里阿德的家族，因為他們為大汗立下了汗馬功勞，所以經大汗的特許，也有權飲用這種馬乳。別的人誰也不得染指該物。

　　皇家對這些馬匹真是愛護備至，誰也不能對牠們有任何侵犯。當牠們在草場或樹林中吃草時，沒有人敢走近牠們，妨礙牠們的行動。大汗所供養的占星家都精通巫術，他們宣稱，大汗必須在每年陰曆八月二十八日將這種馬乳灑在風中，以祭奉他們所崇拜的神靈和偶像。在這種時候，占星家們——也可以稱為術士——會在一種奇異的狀態中表演法術。例如陰雲密佈，將下雨時，他們就登上大汗所住的宮殿的屋頂，用法術驅散烏雲，使天氣平靜下來。此時四周雷鳴電閃，風雨大作，而皇宮上卻滴雨全無。占星家向普通百姓宣揚說，他們的法術是由偶像的幫助而實現的。這些占星家形態齷齪，粗鄙無禮，他們自己從不敬重自己，別人也看不起他們。他們經常不洗臉，不梳頭，生活在污穢之中。

馬可波羅東遊記

大汗的豪華宮殿

# 汗八里（今北京）鳥瞰圖

　　大汗在一年中通常有六個月，即從當年的八月到來年的二月，都住在位於契丹省（指當時的中國北方黃河流域）東北部的汗八里大城中。在這座新城的南邊，有他的大宮殿，其形狀和面積如下：

首先是一個用宮牆和深溝環繞着的廣場。廣場每邊長八哩，四邊中間各有一座大門，是各地來的人的出入之所。離這道圍牆的內沿一哩處還有一道圍牆，圍着一個邊長六哩的廣場。兩道圍牆之間是衛隊的屯駐之地。該廣場南北兩邊各有三座門，中央一門比兩旁的大，該門除供皇帝出入外，終年緊閉不開。兩邊的門則長年敞開，以供大家進出。

在第二個廣場的中央有一排華麗宏大的建築物，共八個，是儲藏皇家軍需的地方。一個建築物儲藏一種軍需品。如馬韁、馬鞍，馬蹬和騎兵所用的其他物品都放在一個倉庫內；弓弦、箭袋、矢和屬於弓箭類的其他物件放在另一個倉庫內；護身甲、胸甲和其他皮製盔甲則存入第三個倉庫中，其餘的照此類推。

在這個廣場內還有一個廣場。它四周的城牆極厚，高二十五呎，城垛和矮牆全是白色的。這廣場周長四哩，每邊長一哩，和上述的廣場一樣，南北各有三座門，場中也同樣建有八個建築物，作為皇帝藏衣之用。各城牆之內都種着許多美麗的樹木，還有草場，飼養着各種動物，如大鹿、麝、小鹿、黃鹿和這一類的其他野獸。每道牆之間，如沒有建築物，也按這種規劃佈置。這裏青草茂盛。草場上的每條小徑都有磚石鋪面，比草場地面高出三呎，使得污泥雨水不至於積成水坑，而只是向兩旁流，用來滋潤草木。

在這四哩的廣場內，建有大汗的宮殿。其宏大的程度，前所未聞。這座皇宮從北城一直延伸到南城，中間只留下一個空前院，是貴族和禁衛軍的通道。房屋只有一層，但屋頂甚高，房基約高出地面十指距，周圍有一圈大理石的平台，約二步寬。所有從平台上經過的人外面都可看見。平台的外側裝着美麗的柱墩和欄杆，允許人在此行走。大殿和房間都裝飾雕刻和鍍金的龍，還有各種鳥獸以及戰士的圖形和戰爭的圖畫。屋頂也佈置得金碧輝煌，琳琅滿目。

## 位於汗八里的大汗宮

宮殿的四邊各有一大段大理石鋪成的石階，由此可從平地登上圍繞宮殿的大理石平台，凡要走近皇宮的人都必須通過這道平台。

大殿非常寬敞，能容納一大群人在這裏舉行宴會。皇宮中還有許多獨立的房屋，其構造極為精美，佈局也十分合理。整個規劃令人難以想像。屋頂的外部十分堅固，足以經受歲月的考驗，並且還裝飾各種顏色，如紅、綠、藍等等。窗戶上安裝的玻璃也極精緻，猶如水晶一樣透明。皇宮大殿的後面還有一些宏大的建築物，裏面收藏的是皇帝的私產和他的金銀珠寶。這裏同樣也是他的正宮皇后和妃子的宮室。大汗住在這個清靜的地方，不受外界的任何打擾，所以能十分安心地處理事務。

在大汗所居的皇宮的對面，還有一座宮殿。它的

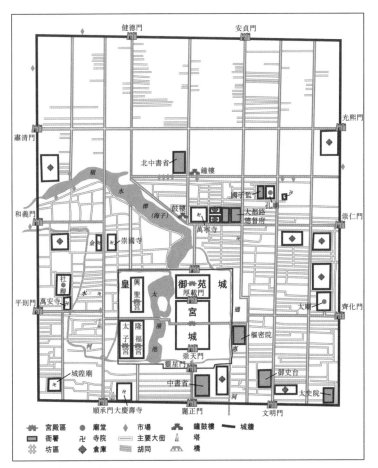

● 元大都平面復原圖

形狀酷似皇宮，這是皇太子真金的住所。因為他是帝國
的繼承人，所以宮中的一切禮儀與他的父親完全一樣。
離皇宮不遠的北面距大圍牆約一箭遠的地方，有一座人
造的小山丘，高達一百步，山腳周圍約有一哩，山上栽
滿了美麗的長青樹，因為大汗一聽說哪裏有一株好看的
樹，就命令人把它連根挖出，不論有多重，也要用象運

到這座小山上栽種，使得這座小山增色不少。因此這座小山樹木四季常青，並由此得名青山。

小山頂上有一座大殿，大殿內外皆是綠色，小山、樹木、大殿這一切景致渾然一體，構成了一幅賞心悅目的奇景。在皇宮北方，城區的旁邊有一個人造的池塘，形狀極為精巧。從中挖出的泥土就是小山的原料。塘中的水來自一條小溪，池塘像一個魚池，但實際上卻只是供家畜飲水之用。流經該塘的溪水穿出青山山麓的溝渠，注入位於皇帝皇宮和太子宮之間的一個人工湖。該湖挖出的泥土也同樣用來堆建小山，湖中養着品種繁多的魚類。大汗所吃之魚，不論數量多少，都由該湖供給。

溪水從人工湖的另一端流出，為防止魚順流逃走，在水流的入口處和出口處都安着鐵製或銅製的柵欄。湖中還養有天鵝和其他小鳥。還有一橋橫跨水面，作為皇宮和太子宮的通道。有關皇宮的描述就到此為止，現在我們來介紹汗八里的情況。

# 五、汗八里城紀實

　　汗八里城內和相鄰城門的十二個近郊的居民的人數之多，以及房屋的鱗次櫛比，是世人想像不到的。近郊比城內的人口還要多，商人和來京辦事的人都住在近郊。在大汗坐朝的幾個月間，這些人各懷所求從四面八方蜂擁而至。

　　近郊和城內一樣，也有華麗的住宅和宏偉的建築物，只不過沒有大汗的皇宮罷了。所有屍體都不能在城內掩埋。偶像崇拜者的風俗是要實行土葬的，於是將屍體送到近郊以外的墳地上掩埋。公家的行刑場也設在這裏。賣淫婦除了暗娼以外是不敢在城內營業的，她們只能在近郊附近拉客營生。這些地方共有娼妓二萬五千人。無數商人和其他旅客為京都所吸引，不斷地往來，所以這樣多的娼妓並沒有供過於求。

　　凡是世界各地最稀奇最有價值的東西也都會集中在這個城裏，尤其是印度的商品，如寶石、珍珠、藥材和香料。契丹各省和帝國其他地方，凡有值錢的東西也都運到這裏，以滿足來京都經商而住在附近的商人的需要。這裏出售的商品數量比其他任何地方都要多，因為僅馬車和驢馬運載生絲到這裏的，每天就不下千次。我們使用的金絲織物和其他各種絲織物也在這裏大量生產。

　　在都城的附近有許多城牆圍繞的市鎮，這裏的居民大都依靠京都為生，出售他們所生產的物品，來換取自己所需的東西。

## 紙幣通行於全國上下

汗八里城中，有一個大汗的造幣廠，大汗用下列的程式生產貨幣，真可以說是具有煉金士的神秘手段。

大汗令人將桑樹——桑葉可用於養蠶——的皮剝下來，取出外皮與樹之間的一層薄薄的內皮，然後將內皮浸在水內，隨後再放入石臼中搗碎，弄成漿糊製成紙，實際上就像用棉花製的紙一樣，不過是黑的。待使用時，就把它裁成大小不一的薄片兒，近似正方形，但要略長一點。最小的薄片當作半個圖洛使用，略大一點的當作一個威尼斯銀幣，其他的當作二個、五個和十個銀幣，還有的作為一個、兩個、三個以至十個金幣。製造這種紙幣的，它的形狀與工序和製造真正的純金或純銀幣一樣，是十分鄭重的。因為有許多特別任命的官員，不僅在每張紙幣上簽名，而且還要蓋章。當他們全體依次辦過這些手續後，大汗任命的一個總管將他保管的御印先在銀珠中浸醮一下，然後蓋在紙幣上，於是印的形態就留在紙上。經過這麼多手續後，紙幣取得了通用貨幣的權力，製造偽幣要受到嚴厲的懲罰。

這種紙幣大批製造後，便流行在大汗所屬的國土各處，沒有人敢冒生命的危險，拒絕支付使用。所有

● 元朝紙幣

百姓都毫不遲疑地認可這種紙幣，他們可以用它購買他們所需的商品，如珍珠、寶石、金銀等。總之，用這種紙幣可以買到任何物品。

　　每年總有好幾次，龐大的駱駝商隊載運剛才所說的各種物品和金絲織物，來到大汗都城。於是大汗召集十二個有經驗和精明的人，令他們小心選擇貨物並確定購買的價格。大汗就在這個公平的價格上再加上一個合理的利潤額，並用這種紙幣來付賬。商人不能拒收這種貨幣，因為大家都看到它能起到貨幣支付的作用，即使他們是別國的人，這種紙幣不能通用，他們也可將它換成適合他們自己市場的其他商品。

無論是誰，如果收到的紙幣因為長期使用而損壞了，都可拿到造幣廠，只需要支付百分之三的費用，就可以換取新幣。如果誰想要用金銀來製造東西，如製造酒杯、腰帶或其他物品時，也同樣可以持幣前往造幣廠，換取金銀條。

　　大汗的所有軍隊都用這種紙幣發餉，他們認為它與金銀等值。由於這些，可以確切地承認大汗對於財產的支配權比世界上任何君主都要大。

## 大道上所設的驛站

　　從汗八里城有許多道路通往各省。每條路上，或者說，每一條大路上，按照市鎮的位置，每隔大約二十五或三十哩，就有一座宅院，院內設有旅館招待客人，這就是驛站或遞信局。這些漂亮的建築物內有好些陳設華麗的房間，房間都用綢緞作窗簾和門簾，以供達官貴人使用。既便是王侯在這些驛站上住宿，也不失體面，因為無論需要甚麼東西都可以從鄰近的市鎮和要塞取得，朝廷對於某些驛站還有經常的供給。

　　每一個驛站上常備有四百匹良馬，用來供給大汗信使往來之用，因為所有專使都可能會留下疲憊的坐騎，換取壯健之馬。即使在多山的地區，離大道很遠，沒有村落，又和各市鎮相距十分遙遠，大汗也同樣下令建造同樣樣式的房屋，提供各種必需品，並照常準備馬匹。

在大汗的整個疆土內，在遞信部門服務的馬匹不下二十萬，而設備齊全的建築物也有一萬幢。這真是十分奇異的制度，因而在行動上也很有效率，幾乎不能用言語來形容。如果有人要問這個國家的人口，以及他們憑藉甚麼維持這些驛站的數目，那麼，我們可以回答說，一切偶像崇拜者和薩拉森人都按照自己的情況，娶六個、八個或十個妻妾，因此生下了一大批子女。有些人有三十個兒子可以跟着他們的父親從軍。

食物方面他們也無匱乏之憂，因為這些人民特別是韃靼人、契丹人和南中國蠻子省的居民大都以米、粟等東西來維持生活，這些東西的產量十分豐富。小麥的生產固然沒有這麼豐富，但是他們不吃麵包，僅僅把它做成麵條或糕餅來食用。至於米粟等糧食，則和肉一起煮成漿。他們的土地只要能耕種就沒有荒廢的。各種家畜繁殖很快，當他們出征時，幾乎每個人都帶着六匹、八匹或更多的馬自用。從這一切事情上可以看出，他們人口眾多以及能夠準備如此豐富的食物的原因。

在各個驛站之間，每隔三哩的地方就有一個小村落，大約由四十戶人家組成。其中住着步行信差，也同樣為大汗服務。他們身纏腰帶，並掛上幾個小鈴，以便在較遠的地方就能被人聽到。他們僅僅走三哩路，這就是說從一個信差站到另一個，鈴聲就作為他走近的信號，新的信差聽到鈴聲就準備接上他的包袱立即出發。這樣一站一站地傳遞，非常迅速，在兩天兩夜之內，大汗就能接到遠處的消息。如按普通的方法遞送，則十天之內也不能接到。當果子成熟的季節，早晨在大都採的果子，到了第二天晚上就可送到上都大汗的面前了，雖然兩地的距離通常要走上十天。

在每一個三哩的站上有一個書記，負責將一個信差到來與另一個信差出發的時間記錄下來，所有驛站都是這樣做的。此外，還有官吏每月到驛站來巡視一次，以便考查他們的管理情形。所有失職的信差都會受到懲罰。這些信差不但免除一切捐稅，還能得到大汗豐厚的津貼。

養驛馬的所有費用並不需要直接撥款。鄰近各個城市、市鎮和村落必須供給馬匹，並且還要負責飼養。各城市的長官按照大汗的命令，派遣精明的人去考察馬匹，確定居民私人所能供給的數目。各市鎮和村落也同樣按照居民的財力強制徵收，所有居住在驛站兩邊的人都要捐助適當的份額。贍養馬匹的費用以後再從各城市上繳給大汗的稅收中扣除。

不過大家必須知道，四百匹馬並不全部同時在驛站服役，只有二百匹馬放在站上供差一月，其餘二百匹馬就放在草場上飼養。每到月初，這些馬又到驛站上服役，原來服役的馬則放回牧場，得以休養。所有的馬就這樣輪流使用。

如果遇着河流或湖泊等地，而步行信差或驛卒又必須經過，那麼鄰近各城必須準備三四隻小舟，以便隨時使用。如遇上幾個月路程的荒原，又無法取得食宿，那麼荒原邊界上的城市對於往來朝廷間的專使，必須供給馬匹和食物，以滿足他們和隨從的需要。但

馬可波羅東遊記

汗八里城紀實

大汗對於這樣的城市會給予一定的報酬。所有距離大路較遠的驛站，他們的一部分馬匹就由皇家提供，而這個區域內的各城市和市鎮僅需要提供剩下一部分就可以了。

　　如果遇到某處一個首領叛亂，或者發生其他重要事變，必須要用極快的速度傳遞消息，那麼驛卒每日要奔馳二百哩，有時要奔馳二百五十哩。在這個時候，他們攜帶一塊刻有白隼的牌子，作為緊急和疾馳的符號。如有兩個驛卒同去，便在同一地點乘上良馬同時起程。他們將衣服綁緊，頭上纏一塊頭巾，用最快的速度策馬前進。這樣連續奔馳，一直到前面的驛站為止，即至二十五哩的距離為止，然後在驛站換上兩匹準備好了的強健的新馬，片刻不停，立即前進，這樣一站一站地換馬，直至日落為止，便奔馳了二百五十哩。

• 急遞鋪令牌

他們在極端緊急的關頭，夜間也照樣策馬前行，如果沒有月亮，就由步行的人持燈跑步，在前面帶路，一直這樣一站一站傳遞下去。當然在夜間驅馳不能很快，因為步行的人畢竟速度有限。能經受這樣極度勞累的信差，一定會受敬重。

## 大汗對饑荒和牲畜死亡的救濟

大汗每年都要派遣使者到全國各地去考察，看看他的百姓是否因為天氣不良、風雨侵襲或蝗蟲以及其他天災人禍而導致收成欠佳。如果出現了這種情況，他不但免除這些百姓當年應交納的賦稅，而且還會從他的儲備糧庫中拿出充足的糧食來供給人民作為口糧和種子。

為了這個目的，在大豐之年，大汗特地命令各省購買大批的穀物存放在儲備倉中，並同時要求收購和保管要認真仔細，以便做到屯積三、四年也不會腐爛。這些儲備倉庫按照他的命令，隨時備有滿倉的穀物以備荒年之用。若遇上這樣的荒年，大汗出賣穀物的價格，僅等於市場價格的四分之一。同樣，如果任何地區有牲畜大批死亡，大汗就用從別處徵收的什一稅，來補償受損者。大汗的所有心思都傾注在如何治理他的百姓這件大事上，他努力使人民能夠自食其力，並不斷增加他們的財產。我們不能不提到，大汗還有一個特點，那就是所有馬群、羊群或其他家畜群，無論是個人或集體的產業，也不論牠們的數目有多少，如果遭到雷擊，他在三年之內就免收這群牲畜的什一稅。如果一艘載着貨物的商船遭到雷擊，他也同樣不收該船和船上貨物的關稅。

## 大路兩旁所種的樹木

大汗在規劃帝國的時候還另有一種措施，既可以點綴風景，又極有實用價值。他下令在大路兩邊大量種植樹木，每株相距不超過兩步。當這些樹木長高後，不僅在夏季可以享受蔭涼，而且在冬季下雪時也能起路標的作用。這些都給旅行者帶來莫大的幫助，使他們的行程變得舒適而方便。只要土壤適宜，一切大路上都要種樹木。但如果道路必須穿過沙漠或石山而無法種植樹木時，大汗就下令將石塊堆在路旁，並豎起石柱，作為路標。

## 契丹省的酒和可燃燒的黑石

契丹省大部分居民所飲用的酒，是由米加上香料和藥材釀成的。這種飲料——或可稱為酒——十分芬芳甘醇，他們簡直認為沒有任何東西可以勝過它。這種酒清香爽口，如燙熱之後飲用，比任何酒都更易醉人。

契丹省各地都發現了一種黑石。它從山中掘出，其礦脈橫貫在山腰中。這種黑石像木炭一樣容易燃燒，但它的火焰比木材還要好，甚至可以整夜不滅。這種石頭，除非先將小小的一塊燃着，否則並不着火，但一經燃燒，就會發出很大的熱量。

這個國內並不缺少樹木，不過因為居民眾多，灶也就特別多，而且燒個不停，再加上當地人沐浴又勤，所以木材供不應求。每個人一星期至少要洗三次熱水澡，到了冬季，如果力所能及，他們還是一天要洗一次。每個當官的或富人都有一個火爐供自己使用。像這樣大的消耗，木材的供給必定會感覺不足，但是這種石頭卻可以大量獲取，而且十分廉價。

## 大汗對貧民的慷慨樂施

前面已經說過，大汗給他的百姓發放大批的積穀，我們現在將說到他對於大都的貧民的慷慨救濟。如果有哪個體面的家庭因遭遇不幸，由富裕而墮入貧窮；或有某人因孱弱衰老，無法謀生或不能獲得食物，他知道後，就發放給他們每年所必需的消費品。有一批官吏專管大汗的這一部分經費，並在一個衙門中辦理此事。所有貧民在規定的時期內，來到這些官吏面前。他們出示一種說明書，說明前一年所得到的救濟品的數量，於是他們在本年也照樣可以得到同樣的物品。

大汗也同樣給貧民提供衣服。他從羊皮、絲綢和

大麻所得的什一稅中提取一部分，來供此用。他下令
將這些材料在自己所建的工廠中織成各種各樣的布，
汗八里城的每一個工匠每星期必須在這個工廠中工作
一天，作為替大汗服役。這樣製成的布料所做的衣
服，將施給上面所說的貧窮家庭，供給他們冬夏之
用。他又替自己的軍隊預備軍衣，並在每一個城市都
織就大批的羊毛布，這一切費用都是由當地所徵的什
一稅支付的。

# 六、黃河沿途之旅

## 盧溝橋

離開都城走十哩，來到一條叫白利桑乾河（永定河）的河旁，河上的船隻載運着大批商品穿梭往來，十分繁忙。這條河上有一座十分美麗的石橋，在世界上恐怕無與倫比。此橋長三百步，寬八步，即使十個騎馬的人在橋上並肩而行，也不會感覺狹窄不便。這座橋有二十四個拱，由二十五個橋墩支撐着，橋拱與橋墩都由弧形的石頭砌成，顯示了高超的技術。

● 盧溝橋

橋的兩側用大理石片和石柱各建了一道短牆，氣勢十分雄偉。橋的上升處比橋頂略寬些，但一到橋頂，橋的兩側便形成直線，彼此平行。在橋面的拱頂處有一個高大的石柱立在一個大理石的烏龜上，靠近柱腳處有一個大石獅子，柱頂上也有一個石獅。橋的傾斜面上還有一根雕有石獅的美麗的石柱，這個獅子離前一個獅子一步半，全橋各柱之間都嵌有大理石板。這與石柱上那些精巧的石獅，構成了一幅美麗的圖畫。這些短牆是為了防止旅人偶然失足落水而設置的。

## 涿州城（今河北涿州）

過了這座橋，向西前進三十哩，經過一個有許多壯麗的建築物、葡萄園和肥沃土地的地方，到達一座美麗的大城市叫涿州，偶像崇拜者在這裏有許多寺院。

這裏的居民大都以商業和手工業為生，他們製造金絲織物和一種最精美的薄綢。這裏還有許多大旅館供體面的旅客食宿。

離城一哩，就是大路的分岔處，一條向西，一條向東南，向西的路經過契丹省，向東南的路通往蠻子省。從涿州城向西走十日，經過契丹，到達大因府（今山西太原），沿路經過許多美麗的城市和要塞。這裏的製造業與商業十分興盛，並有許多葡萄園與耕地。契丹省內地不生長葡萄，所以都從這裏運去。這裏又有很多桑樹，桑葉可供居民養蠶並取得大量的絲。這個地區的所有居民與附近無數市鎮交流頻繁，所以可以在居民中間傳播文明。一些商人不斷地往來於這些市鎮之間，每逢各市鎮定期的集市，他們就把貨物由一個城市運到另一個城市。

## 大同府

在前面所說的十日路之外，再走五日路程，據說還有一座美麗的大城市，叫大同。大汗狩獵的範圍就一直擴展到這裏，在這個範圍以內，除掉皇家的王公和在大鷹師處註冊的人外，沒有人敢打獵。一旦超出這個界限，一切有官位的人都可以自由行獵。

不過大汗很少到這一帶遊獵，所以許多野獸，特別是兔子，繁殖得極多，有時甚至將省內一切生長的穀物都毀掉了。大汗得到這個消息，便率領整個宮廷人員前往狩獵，最後滿載而歸。

這裏的商業十分發達，各種物品都能製造，尤其是以武器和其他軍需品見長，從這裏直接提供給皇家衛隊使用，十分便利。葡萄園為數甚多，所以可以生產大量的葡萄。其他果實也很豐富，桑樹及養蠶業也很發達。

離開大同府，向西走七日，經過一個十分美麗的區域，這裏有許多城市和要塞，商業和製造業十分發達。這裏的商人遍佈全國各地，獲得巨大的利潤。穿過這個區域後，到達一個很重要的大城市，名叫平陽府（今山西臨汾），城內同樣有許多商人和手藝工人，絲的產量也很豐富。

## 長蘆（今河北滄州）

長蘆是一個大城，位於南方，屬契丹省。這座城是在大汗的領域以內。居民崇拜偶像，對死者使用火葬。皇帝蓋有御璽的紙幣在他們中間廣為流通。

這個城市和鄰近的地方用下列的方法生產出大量的鹽。這個地區有一種含鹽分的土，首先他們將這種土壘成大堆，澆上水，讓水滲入土中，吸收其中的鹽分，然後將水從水槽中導入一個很大的鍋中，這種鍋很淺，最深不超過四吋。將水在鍋中煮到完全蒸發，剩下的就是鹽了。這樣製造出的鹽顏色雪白，質量優良，可運往各地銷售。製鹽的人因此獲取了巨大的利潤，而大汗從鹽上也收取大量的稅款。

這個地區還出產一種美味的桃子，產量多，果實大，一顆桃重達一磅。

## 臨清和濟南府

臨清也是契丹的一個城市，位於南方，隸屬大汗。居民同樣使用大汗的紙幣。從長蘆到這裏有五日路程，途中經過許多城市和城堡，同樣也是在大汗的版圖之內。它們都是商業發達的地區，從這裏徵收的稅款，數目十分龐大。

有一條既深且寬的河流經這座城市，所以運輸大宗的商品，如絲、藥材和其他有價值的物品，十分便利。

離開臨清向南走六日，經過許多重要和壯麗的市鎮與城堡，這裏的居民崇拜偶像，並舉行火葬。他們以工商業為生，各種食物都十分豐富，絲的產量也非常大。第六日晚上便到達一座名叫濟南府的城市。這裏從前是一個十分堂皇的都城，是大汗用武力征服的。這裏有無數花園環繞四周，並且到處都是美麗的樹林和優美的果園，實在是居住的好地方。這座城市在司法上管轄着帝國十一個城市和大市鎮。這些都是商業發達、盛產絲的地方。這座城市被大汗征服之前，是它自己的君主的朝廷所在地。

## 濟寧府

離開濟南府，向南走三日，沿途經過許多工商業興盛的大市鎮和要塞。這裏盛產鳥獸等獵物，並出產大量的生活必需品。

第三日晚上便抵達濟寧，這是一個雄偉美麗的大城，商品與手工藝製品特別豐富。所有居民都是偶像崇拜者，是大汗的百姓，使用紙幣。城的南端有一條很深的大河經過，居民將它分成兩個支流（運河），一支向東流，流經契丹省，一支向西流，經過蠻子省。河中航行的船舶，數量之多，幾乎令人不敢相信。這條河正好供兩個省區航運，河中的船舶往來如織，僅看這些運載着價值連城的商品的船舶的噸位與數量，就會令人驚訝不已。

## 邳州（今江蘇邳州）

離開濟寧，向南走十六日，沿途商業市鎮與城堡不斷。到第八日晚上，就會見到一座城市名叫臨城。這是一座壯麗的城市，擁有龐大的製造業和商業，居民生性勇猛好鬥。

這裏出產很多動物，其他各種飲食也很豐富。離開臨城後再向南走三日，還可經過大汗所統治的許多城市與城堡。居民都是偶像崇拜者，舉行火葬。第三日晚便可見到一座城市，名邳州。這裏出產一切生活必需品，並向大汗提供大宗的歲入。從這裏向南行二日，經過一些富裕的地方，到達西州今城，這是一個很大的城市，工商業十分發達。居民全是偶像崇拜者，實行火葬。他們使用紙幣，也是大汗的百姓。他們所產的穀物和小麥很多。以後所經過的地區，也發現了許多城市、市鎮和城堡，並有許多好看又實用的狗。小麥產量也很豐富。這些地方的人民和剛才所描寫的那些人民一樣。

# 壯麗的喀喇摩拉河（黃河）

喀喇摩拉大河發源於王罕的領域中。此河既深且廣，所以無法在上面建造一座堅固的橋樑。這條河離大海一哩的地方有一個碼頭可停泊船隻一萬五千艘。每隻船除船員與必要的儲藏品和食品外，還可裝載十五匹馬和二十個人。大船可以滿載貨物順利航行。這裏魚的產量也很大。河的兩岸有許多城市與城堡，裏面住着大批的商人，從事廣泛的貿易。鄰河的區域生產薑和大量絲綢。

這裏的鳥雀多得令人難以相信，尤其是雉，一個威尼斯銀幣可買三隻。此外還盛產一種大竹，有些竹子的周長有一呎，有些則達一呎半，當地的居民將竹子用於生活的各個方面。

過了這條河，再走三天，來到一座名為開昌府（今陝西合陽）的城市，這裏的居民是偶像崇拜者，他們所經營的商業範圍十分廣泛，並從事各種製造業。這裏出產大量的絲、薑和我們的世界幾乎不知道的許多藥材。他們編織金絲的織物和各種綢緞。

# 京兆府城（今陝西西安）

走了八日後，就到達了京兆府城。這個城市是一個很有勢力的大王國的都城，是許多君主的長駐之所，該城以製造武器著稱。大汗現在將這裏的統治權交給他的兒子忙哥剌，讓他負責治理。

這裏是一個大商業區，以製造業著稱。盛產生絲、金絲織物和其他綢緞，也能夠製造軍隊所需的各種物品。各種食物也都十分豐富，並能用中等價格購得。居民大多崇拜偶像，但也有些基督教徒、土庫曼族人和薩拉森人。

離城五哩的一個平原上有忙哥剌的一座宏偉的王宮，王宮內外有許多泉水和小溪點綴。此外還有一個美麗的花園，周圍高牆環繞，上面還有牆垛。花園面積達五哩，園中畜養着各種各樣的野獸與禽鳥，用來供君王娛樂。花園的中央是寬敞的王宮所在之處，王宮的整齊與美麗無以復加。宮中有許多大理石建造的大殿和房間，裝飾着圖畫、金箔和最美麗的天藍色。忙哥剌能夠繼承父志，用公平的手段治理國家，所以深受人民愛戴。他也喜歡打獵和放鷹。

# 馬可波羅究竟有沒有到過中國？

《馬可波羅遊記》問世後，在西方引起了軒然大波。書中所講述的東方遍地黃金，無與倫比的中國文明和東方的奇風異俗使西方人深受震撼，直到今天，仍有人認為這本書疑竇叢生：馬可波羅在遊記中說的都是真的嗎？尤其是書中有不少疏漏、重複、錯誤的記載，因此更讓許多學者懷疑：馬可波羅到底有沒有到過中國呢？

不可否認，馬可波羅的確講述了不少與實際情況不太相符的事跡：如獻炮攻襄陽，任職揚州三年，同時對汗八里（今北京）、蘇州、泉州等地的描述也與當時的實際情況稍有不同。但由此而說馬可波羅沒有到過中國，卻又難以斷言。

馬可波羅是在歸國後多年，身陷囹圄、手中又無資料的環境下憑記憶來講述他在東方的歷程，因此難免會有記憶不清、疏漏錯誤之處。但是，馬可波羅在遊記中提及的諸多地名以及各地的風俗特產，是非有親身經歷而不能寫出來的。經過許多學者多年來的研究，已經證明了馬可波羅書中所說與中國元代情況大致相合，而且還有許多地方可以補充元史。比如他曾提及的廣為流通的紙幣，一直被歐洲人所否認。然而元朝的紙幣，卻為他遊記的真實性提供了證據。

馬可波羅在遊記中提到的人名和地名不用漢字，而是從波斯語轉化而來，因而有不少學者懷疑他的遊記只是根據波斯的導遊手冊，以及到過中國地區的商旅的敍述而憑空創造出來的。但是，要知道在元代漢人的地位是最低的，馬可波羅在中國時期據他自己説頗受恩寵，他所接觸的主要是蒙古人、色目人和波斯人，而很少接觸漢人，因此他在地名和人名上不使用漢語，而使用與他母語接近的波斯語是完全可以理解的。

另外，馬可波羅在遊記中未曾提及最具中國特色的產物——茶、印刷術、長城等，這也是人們質疑他未曾來過中國的一大因素。其實，馬可波羅是以商人的面目出現在歷史中的，他所關注的，大都是經濟方面的東西，因此完全可能不去理會印刷術等文化學術方面的事情。他未曾在遊記中提及茶，這大概和他保持着國內不喝茶的習慣有關，加上當時西域人也較少飲茶的習俗。至於長城，馬可波羅在中國的時候，秦漢的長城已廢棄多年，馬可波羅隻字未提，也不足為怪。東方如此寬廣的疆域，如此富饒的物產，也很難苛求馬可波羅將每一件事物都記錄下來，那實在是一個太過浩瀚的工程。

遺憾的是，《馬可波羅遊記》記載的中國的事情，雖大部分在中國史誌上得到印證，但關於馬可波羅個人的活動卻難以在元代史籍上找到痕跡。元史專家楊志玖在《永樂大典》裏找到一段資料，與《遊記》中所説波斯王阿魯渾派遣三名使臣向中國皇帝求婚，三使者請波羅一家同行一章完全一樣。但文中未提馬可波羅之名，但或可證實與馬可波羅有關聯，是馬可波羅的東方之行的有力證據。至於馬可波羅為何沒有在中國史籍上留下記錄，這一直是歷史上的一大懸案。

# 趣味重溫（1）

## 一、你明白嗎？

1. 馬可波羅從踏上西亞，穿越絲綢之路，到達上都的過程中，他遇到的險阻有：山頂積雪終年不化的（＿＿＿＿＿＿）、海拔最高空氣稀薄的（＿＿＿＿＿＿）和罕無人煙神秘莫測的（＿＿＿＿＿＿）。

2. 判斷正誤，在正確判斷後打 ✓，錯誤的判斷後打 ✗。

    a. 亞清岡是大亞美尼亞境內最大的城市。（　　）

    b. 新疆和闐境內有一條盛產碧玉的河流。（　　）

    c. 馬可波羅到達元朝時，款待他的是成吉思汗。（　　）

    d. 韃靼人的主食是肉和乳製品。（　　）

3. 試將遊記中記載的西亞地區各個城市及其特產連線搭配。

    亞清岡　　　　青金石

    格魯吉亞　　　驢子

    巴士拉城　　　棉布

    波斯　　　　　海棗

    巴達哈傷　　　黃楊木

## 二、想深一層

1. 馬可波羅在遊記中提到的一些事物，在我們今天的日常生活中仍然可見，只不過名稱不同。請閱讀下列文字，將它們相應的名稱填上。

    a. 大亞美尼亞的邊境地區有一座噴油井，產量很高，噴出的油必須用許多駱駝才能裝載。這種油，不能充作食品，只能用來製造一種軟膏，醫治人畜的皮膚病和其他病痛。它還可以當作燃料。（＿＿＿）

b. 契丹省的各地都發現了一種黑石。它從山中掘出，其礦脈橫貫在山腰中。這種黑石像木炭一樣容易燃燒，但它的火焰比木材還要好，甚至可以整夜不滅。　　　（＿＿＿）

c. 他們將肉切成小塊浸在鹽水中，再加入幾種香料，這是上等人的製法；至於較貧苦的人，則將肉切碎後，浸在大蒜汁中，然後取出食用，其味道好像烹調過的一樣。　　　（＿＿＿）

d. 人民播種蘇木，等它萌芽枝時就移植他處，生長三年後，再連根移植一次。　　　（＿＿＿）

e. 這個地區生產大量的一等白香料，它是從一種像冷杉的樹上一滴一滴流下來的，人們將管子插入樹中或將樹皮剝去，乳香就從割口處逐漸流出，然後凝結成固體。　　　（＿＿＿）

2. 羅布荒原難以穿越的最大原因是（　　　）

a. 面積廣闊

b. 沒有水源

c. 氣溫很高

d. 容易迷路

3. 馬可波羅穿越了絲綢之路沿線的大部分城市，以下哪個城市他未曾提及？（　　）

   a. 喀什

   b. 敦煌

   c. 蘭州

   d. 武威

4. 韃靼人的小屋為甚麼使用木桿和氈子來搭建呢？（　　）

   a. 缺乏磚瓦

   b. 外形美觀

   c. 防潮防曬

   d. 方便遷移

5. 大汗下令在城市大路兩邊大量種植樹木，其用途不包括以下哪項？（　　）

   a. 作為路標

   b. 獲取木材

   c. 點綴風景

   d. 享受蔭涼

## 三、延伸思考

1. 馬可波羅在遊記中說羅布澤（泊）有許多幽靈，常人很難穿越。現實中，新疆的羅布泊也是一塊神秘之地，是許多探險家想征服的對象，甚至有許多人付出了生命的代價。你對羅布泊有所了解嗎？它為甚麼有這麼大的吸引力呢？

2. 沙州居民對佛十分虔誠，他們對死去的親屬在占卜吉日後實行土葬。中國現在仍有許多鄉村實行這一風俗，你聽過或者見過這一民俗嗎？

3. 韃靼人作為中國北方的一個遊牧少數民族，人口稀少，經濟落後，居無定所，但他們最終統治中國，建立了強大的元蒙帝國。他們怎麼能獲得如此巨大的成功呢？從本書中你能找到他們所具有的優秀品質和成功的原因嗎？

# 七、西部諸省行

## 成都府省與大江

　　在山區中走過二十個驛站的行程之後，到達蠻子省境內的一個平原，那裏有一個地區叫成都府。它的省城是一座壯麗的大城，也用同一個名稱。以前，這裏是許多有財有勢的君主的駐紮之地。

　　有許多大川深河發源於遠處的高山上，河流從不同方向圍繞並穿過這座城市，供給該城所需的水。這些河流有些寬達半哩，有些寬兩百步，而且都很深。

● 成都

城內有一座大橋橫跨其中的一條大河，從橋的一端到另一端，兩邊各有一排大理石橋柱，支撐着橋頂，橋頂是木質的，裝飾着紅色的圖案，上面還鋪着瓦片。整個橋面上有許多別致的小屋和舖子，買賣眾多的商品，其中有一個較大的建築物是收稅官的居所。所有經過這座橋的人都要繳納一種通行稅，據說大汗每天僅從這座橋上的收入就有一百金幣。

這些河和城外的各支流匯合成一條大河，叫作長江。此江的水道在東流入海之前，約有一百日的路程。

在這條江的兩旁和鄰近的地方有許多市鎮與要塞。江中的船舶川流不息，運載着大批的商品，來往於這些城市。省中居民是偶像崇拜者。離開這裏後，一半沿着平原，一半穿過多個峽谷，走五日，可以看見許多上等的住宅、城堡和小市鎮，居民以農業維持生活。城市中有各種製造業，特別是能織出美麗的布匹、縐紗及薄綢。這個地方和前面說過的各地區一樣，是虎、熊及其他野獸聚集之所。到了第五日晚上，就到達西藏的荒原。

# 西藏省

當蒙哥汗到西藏省來征戰的時候，這裏真是荒涼滿目。在二十日路程的距離中，只能看見無數市鎮和城堡的廢墟。因為人煙稀少，各種野獸，尤其是老虎成群結隊，出沒無常，使得商人和其他旅客在夜間面臨很大的危險。

商旅們不僅必須攜帶糧食，並且到達投宿地後，還必須極其小心，採取以下的防禦措施，以保護他們的馬匹免遭吞噬。在這個地方，特別是在各條河的附近，有很多竹子，高約十步，周長三手掌，每節的距離也長三手掌。旅客們將幾根青竹綁在一起，到了晚上，放在他們營地的附近，點起火堆，用火燒青竹。火的熱力足以使竹節爆開，發出很大的聲音。這種聲音大約可傳到二哩以外，野獸聽了十分害怕，於是紛紛逃避。

商人還得準備鐵銬鎖住馬腿，否則，馬被這種聲音所驚，也會脫韁而逃。有許多人因為沒有採取這種防禦措施，所以白白失去了自己所帶的牲畜。就這樣走二十日，穿過一個荒原，既沒有旅館，也沒有食物，也許三四天才可得到一個機會，補充一些必需品。商旅們要到這段路程的最後，才能看見有少數的城堡和武裝的市鎮建築在岩石的高處或山巔上。從此以後，才漸漸進入一個有人煙和耕作的區域，而不再有猛獸侵害的危險了。

這裏出產麝，而且數量很多。麝每月分泌一次麝香，和前面已說過的一樣，在牠的近臍處凝成一種膿腫或癤子，裏面充滿了血液。這種動物到處都是，所以麝的香氣四溢，充滿整個地區。在本地的語言中，這種動物被稱為谷得利，是用狗去獵取的。

這裏的人民不用錢幣，就是大汗的紙幣也不用，他們用鹽作為通行貨幣。他們的衣服質樸，是用熟皮、生皮或粗布製成的。他們的語言是這個鄰近蠻子省的西藏省所特有的。

西藏從前是一個十分重要的國家，所以被劃分為八個王國，有許多城市和城堡。它的境內有很多河流、湖沼與山嶺。各河中有大量的金沙。這裏對珊瑚的需求量很大，婦女用它來作項飾，並且還用它來裝飾偶像。駝毛布和金線布都可在此織造。

總的說來，他們是一個貧苦的民族。他們的狗有驢子那樣大，極為強健而兇猛，可以獵取一切野獸，特別是獵取野牛。有些最好的蘭隼在這裏繁衍，還有一種薩克爾隼，飛行十分迅速，土人習慣帶牠一同狩獵。

和前面所說的其他一切王國和省份一樣，西藏省
屬於大汗。它的旁邊是建都省。

• 藏族婦女

# 建都省（今雲南麗江附近）

建都是一個位於西方的省份，從前受它自己的王公統治，但自從歸入大汗的版圖以後，就受大汗所任命的長官管轄。建都境內有許多城市和城堡，省會位於省的入口處，也叫建都。在它的附近有一個大鹹水湖，盛產珍珠，顏色潔白，但不是圓形。珍珠產量極其豐富，如果大汗允許每個人都去採集珍珠，那麼它的價值必定變得微不足道，所以只有得到特許的人，才能從事捕魚採珠的工作。鄰近有一座山，盛產綠松石，同樣，沒有得到大汗的允許，這種礦也是不能開採的。

他們所用的貨幣，其製法如下：將金子熔成小條，不經過任何鑄造，就按重量使用。這是他們較貴重的貨幣，至於面值較小的，製法卻有所不同。因為這裏有許多鹽井，所以當地居民就從鹽井中取出鹽水，用小鍋把水煮出鹽。當水沸騰一小時後，就會變成糊狀，然後把它製成小餅，每枚二錢。這種小餅下平上凸，放在近火的熱瓦上，很容易乾燥。這種鹽幣上印有大汗的印記，不是他任命的官吏，不能鑄造。像這樣的八十個鹽餅就可值一個金幣。但是當商人將鹽餅帶到山中和人很少到的地區時，視土人距離市鎮遠近與安居本土的程度，可用六十、五十，甚至四十個鹽餅換得一個金幣。

這些商人還在上面所說的西藏省的多山地區和其他區域進行貿易。鹽幣在那裏也是一樣通用的。商人從那裏獲得的利潤非常大，因為這些土著人的食物中要用鹽，並認為食鹽是必需品。而城市的居民僅將鹽餅破損的小塊用在食物中，至於整個鹽餅則當作貨幣流通。

這裏也有大批的麝，所以麝香也很多。同時湖中出產各種魚類。此外，如虎、鹿、大鹿和羚羊也都是當地的特產，還有各種各樣的鳥雀數量也很多。至於這裏的酒，則不是由葡萄釀成的，而是由小麥、米和香料製成，實屬佳品。

這個省區也同樣出產丁香。丁香樹較小，它的枝葉與桂樹一樣，不過較長、較窄罷了。丁香樹的花，白而小，和丁香本身一樣，但一成熟，便變為暗色。薑也是這裏的特產。最後這裏除了盛產多種藥材外，肉類也很豐富，只不過沒有多少能帶到歐洲。

離開建都城，向本省相對的邊界走十日，沿途可見許多精美的住宅、防地以及捕獵禽獸的地帶。居民的風俗習慣和曾經描寫的一樣。第十日的晚上，就到達一條大河叫不魯鬱思（指金沙江），這是本省的天然疆界，出產大量的金沙。

## 押赤（今雲南昆明）

渡過上述的那條河後，便來到哈剌章省（指雲南全省）。這個省面積很大，所以分成了七個行政區域。該省位於西方，居民是偶像崇拜者，隸屬大汗的版圖。

現今大汗讓自己的兒子也先帖木兒做這裏的君王。他是一個富有、寬宏而有權勢的親王，天性聰明，道德高尚，所以他的統治十分公正。沿河再向西走五日，經過的地區人煙稠密，並有許多城堡。居民以肉類和水果維持生活。他們有自己的特殊語言，而且很難學會。在這裏繁殖着最好的馬匹。

到第五日晚上，便到達省會押赤，這是一座宏偉壯麗的大城市。城中有大量的商人和工匠。這裏居民成分十分複雜，有偶像崇拜者、聶斯托利派基督教徒、伊斯蘭教徒，但偶像崇拜者的人數最多。這裏盛產米、麥，但人民認為小麥製成的麵包有害健康，所以不吃麵包而吃大米。他們還用其他穀類加入香料來釀酒，釀出的酒清澈可口。至於貨幣，是用海中的白貝殼充當，這種貝殼也可製成項鏈。八十個貝殼可兌換一個銀幣。這裏有許多鹽井，居民所用的鹽都來自這裏。鹽稅是大汗的大宗收入。

這裏有一個大湖（指滇池），方圓近一百哩，出產各種魚類，其中有些魚頗大。

這裏的居民有生吃禽鳥、綿羊、黃牛和水牛肉的習慣。他們用下列方法儲存生肉：他們將肉切成小塊浸在鹽水中，再加入幾種香料，這是上等人的製法；至於較貧苦的人，則將肉切碎後，浸在大蒜汁中，然後取出食用，其味道好像烹調過的一樣。

# 匝兒丹丹省（今雲南保山地區）

從哈剌章省西行五日，便到達匝兒丹丹省（即金齒國），此省隸屬大汗的版圖，省會為永昌。這個地區的貨幣是黃金，有時也用貝殼。一盎司金子可兌換五盎司銀子，一薩吉金子兌換五薩吉銀子。因為這裏盛產黃金，但卻沒有銀礦，所以所有向這裏販入銀子的商人都能獲得巨大的利潤。

這個省區的男女習慣用薄金片裝飾他們牙齒。這種裝飾物按照牙齒的形狀鑲得十分巧妙，可以長期套在牙齒上。男子又在他們的手臂和腿上刺一些黑條紋，其刺法如下：將五口針並攏起來，刺入肉中，直到見血為止；然後再用一種黑色染劑在刺孔上磨擦，這樣便能留下一個不可磨滅的痕跡。身上刺這種黑條紋，被看作一種裝飾和有體面的標誌。

男人除了醉心於騎馬、行獵和使用武器及軍事生活外，從不關心其他事情。至於家務管理，完全由妻子負責，並且由買來的，或是戰爭中俘獲的奴隸來做她們的幫手。這裏的居民有一種奇異的風俗，一個孕婦一經分娩，就馬上起牀，將嬰孩洗乾淨包好，而她的丈夫則立即躺在她的位置上，將嬰孩放在身邊，看護四十日。同時這一家的親戚朋友都來向他道喜，而他的妻子則照管家務，將飲食送給牀上的丈夫吃，並在旁邊給孩子哺乳。

這裏的居民同樣吃生肉。他們用上述方法將肉調製後，和米飯一起食用。此處的酒是由穀類釀製的，添上香料後實在是一種佳品。

在這個地區中，既沒有廟宇，也沒有偶像，居民只崇拜家中的長者或祖宗，認為自己的生存是靠祖宗，自己所有的一切，都是祖宗賜予的。他們沒有任何文字，只要想到他們所居的林深葉茂的山地和野蠻的情形，就不會感到奇怪了。到了夏季，這裏的空氣十分悶熱又極不衛生，所以一般商人和其他外地人都不得不離開這裏，以避免病死。

當土人進行交易，為了債務或信用，需要簽訂契約時，他們的頭領就會取來一塊方木，在上面劃一些痕跡表示數目，然後將其一分為二，雙方各執一半，這種方法和我們的符木一樣。當債務到期時，債務人必須如數歸還，而債權人則繳出他所執的一半，這樣雙方都會感覺十分滿意。

馬可波羅東遊記

西部諸省行

## 緬城（今蒲甘城）

緬城是這緬王國（緬甸）的都城，宏偉壯麗。居民說一種特殊的語言。

據說，這個國家從前受一個富有而有權勢的君主的統治。他在臨終前，下令在他的墳旁修建兩座棱錐形的塔。一座塔全用一吋厚的金片包裹，所以，除了金色外，其他甚麼也看不見。另一座塔，用同樣厚度的銀片包裹。塔尖的圓頂上，懸掛着一些金銀製的小鈴鐺，每當微風吹過，就叮噹作響。兩座塔各高十步，互相映襯，構成一幅華麗的景象。

　　君主的陵墓也同樣用金屬片包裹，半是金的，半是銀的。這是君主為禮敬自己的靈魂而準備的，目的在於使自己永垂不朽。

　　大汗決定奪取這座城市，為此他特地派了一位勇敢的軍官負責指揮戰鬥。軍隊按照自己的習慣，讓幾個術士或巫師同行，這種人常常大批集中在朝中。當軍隊進城時，看見這兩座錐形塔裝飾得如此富麗堂皇，但因為不知道大汗的意思，所以不敢隨意加以處置。等到大汗知道這兩座塔是為紀念前王而建立時，便下令不准人侵犯它，也不得使它有絲毫的損傷，因為韃靼人對於有關死者的任何物品，都是十分尊重的。這個國家出產大批的象和美麗的大野牛，此外如赤鹿、黃鹿和其他動物也很多。

● 黃金塔

# 交趾國（今老撾北部）

交趾國是一個位於東部的王國，由一個君主統治。人民是偶像崇拜者，他們自有一種特殊的語言，並自願歸順大汗，每年都來進貢。這個君主沉緬於肉慾，約有三百個妻子，而且當他聽說哪兒有一個美麗婦人時，還一定要娶她為妻。

該國盛產黃金和多種藥材，但由於這是一個內陸的國家，離海很遠，所以這些特產都很廉價。這裏象的數量也很多，同時還有其他許多野生動物。

居民以肉、米和乳為食品。他們的酒不是由葡萄釀成的，而是用穀物摻雜一種藥材製成的。每個男女的全身都用針紋成各種鳥獸的圖案。他們中間有許多專業紋身的人，以在手部、腿部和胸部刺上這些裝飾品作為自己唯一的職業。當一種黑色的染料擦在這些刺痕上時，無論是用水或其他東西，都無法洗去。此地無論男女，凡是身上的花紋最豐富的，就被看成是最漂亮的人。

西部諸省行

# 八、最壯麗的蠻子省

（原南宋統治區域，多指長江以南地區）

　　蠻子省是東方世界眾所周知的最宏偉和最富裕的地區，被號稱法克佛（阿拉伯人和其他東方人民對宋朝皇帝的統稱）的君主所統治。他在權力和財富上，除了大汗本人外，勝過其他一切君主。他性情溫和，行為仁愛，深得民心。他的國家被最寬闊的河流所環繞，十分強大。說到它也會被世界上某一強國所侵擾，大家都認為這簡直是不可能的。這種觀點的結果，使君主對軍事毫不重視，更不鼓勵人民習練武藝。

　　他的領域內的所有城市，都被一條一箭寬的深溝圍繞着，溝中注滿了水，所以城防可以説是堅固無比。法克佛從未想過自己的王國會遭受敵人的攻擊，所以沒有建立騎兵部隊。他的全部精力都用在了增加自己的享樂和歡愉上了。他在宮中蓄養着上千個美麗的女子，供他尋歡作樂。他是和平與正義之主，所以十分嚴格地遵守着和平與正義。任何人對他人所犯的哪怕最微小的傷害或壓迫都將受到相應的懲罰。他的公正深入民心，所以即使那些儲滿貨物的商店，因為店主的疏忽而沒有關店門，也沒有人敢私自闖入或竊取哪怕是最廉價的商品。

　　世界各地的遊人，來到該國的任何一個地方，無論夜間還是白天，都可以自由的行動，而絲毫沒有危險感。法克佛熱心宗教，對貧窮的人十分仁慈慷慨。他每年要救助二萬名因家庭貧困而被遺棄的孩子。當這些男孩子長到適當的年齡時，他便讓人教他們某種手藝並且將撫養的青年女子嫁給他們做配偶。

轄靼人的大汗忽必烈的性情和習慣，與法克佛大不相同。大汗的全部嗜好就是佔城掠地和擴大自己的榮譽。他已經將許多地區和國家併入了自己的版圖，現在又把視線集中在蠻子王國，準備征服它。因此大汗調集了大批人馬，並任命一個叫伯顏的丞相統率南征。伯顏指揮着大批戰艦，從水道殺入蠻子王國。他用兵士死傷慘重的代價和先進的攻城設備好不容易才奪取了一座城池，在破城後，他下令殺死一切不願投降的居民。

這個消息傳到其他城市後，引起了居民們的恐慌。法克佛從沒有見過戰爭，更沒有指揮過任何戰鬥，他感到十分害怕，於是他倉惶出海，一直逃到某些防守堅固的海島上，至死也沒有再回來。

## 淮安城

淮安是一個十分美麗而富裕的城市，位於東南與東方之間，是蠻子省的門戶。因為該城鄰近喀喇摩拉河，所以大批的船舶途經此地，每日穿梭不息。

大批的商品在此集散，通過黃河運到各地銷售。這裏還產食鹽，不僅可供本城之用，而且還可輸往其他各地。大汗從這種販鹽的交易中取得了龐大的稅款。

# 寶應縣和高郵

離開淮安城，沿着一條美麗的高堤石路向東南方再走一日，就到達了蠻子省。這條石路的兩邊有很多廣闊的湖泊，可以行船。除了乘船之外，沒有陸路可通達此省。統率大汗軍隊的將領入侵這一省時，也是由水道進軍的。

當日晚上，來到一個大市鎮，名叫寶應。居民崇拜偶像，對於死者實行火葬，使用紙幣，是大汗的百姓。他們以工商業為生，盛產絲，並可織造各種金線織物。此處生活必需品也十分充裕。

距寶應東南方一日路程的地方，有一座建築良好、地域廣闊的城市叫高郵。這裏的工商業十分興旺。魚的產量特別豐富，禽獸等獵物也很多。雉的數量極多，一個威尼斯銀幣能買到三隻像孔雀那樣大的雉。

# 泰州和真州城（今江蘇儀徵）以及揚州

離開上述地方，走一日，沿途經過許多鄉村和耕地，最後到達泰州城，這個城市的面積不是很大，不過一切生活必需品都十分豐富。居民多為商人，擁有許多商船。鳥獸的數量很多。該城位於東南方，在它的左邊，也就是東方，相距三日路程便是一片大海。在這段路上有許多鹽場，出產大量的海鹽。

隨後又到達一座建築堅固的大市鎮——真州，這裏有大量的鹽可供給鄰近各省。大汗從這種鹽務所收入的稅款，其數量之多，幾乎令人無法置信。居民崇拜偶像，使用紙幣，是大汗的百姓。

　　從真州向東南方前進，即到達一個重要的城市，名叫揚州。在司法上它管轄着二十四個市鎮，所以不容置疑，這是一個重要的地方。此處隸屬大汗的版圖，人民是偶像崇拜者，以商業和手工業維持生活。他們製造武器和其他所有軍用品，因此有許多軍隊屯駐在這裏。

　　這座城市是前面說過的，大汗任命主持各省政府的十二貴族的駐地之一。馬可‧波羅由大汗任命，曾在這個城市擔任地方官達三年之久。

## 南京省

　　南京是蠻子王國一個著名大省的名稱，位於西方。人民是偶像崇拜者，使用紙幣，大多數經營商業，是大汗的百姓。他們盛產生絲，可織出大量的金銀布匹，並且花色種類十分豐富。這裏穀物豐足，家畜遍地。鳥獸隨處都可獵到，老虎則更多。大汗收取的大宗稅收中，主要是對商人的珍貴商品所徵的稅款。

# 襄陽城

襄陽府是蠻子省的一個大城，在司法上管轄着十二個富庶的大市鎮。這裏是一個規模宏大的商業重鎮，居民是偶像崇拜者，對死者實行火葬。他們是大汗的百姓，使用紙幣。生絲的產量很高，用金線織成的最精美的綢緞也產於此城。所有種類的獵物都很豐富。凡是一個大城所應有的東西，它都能夠充分自給，所以它的抵抗力非常強大，可以抵禦圍攻達三年之久，甚至於在大汗奪取蠻子省之後，它仍不肯投降。

這個城市三面環水，僅有北面是陸地。因此，圍攻的難題就在於，除了北面，軍隊簡直不能靠近城牆。把這個情況報告大汗後，他看到全國其他部分都已降服，這裏仍獨自頑強抵抗，於是心中不勝傷感。

尼可羅和馬飛阿兄弟當時正好居留在帝廷。他們聽到這個消息後，馬上覲見皇帝，請求允許他們製造一種西方的機器。這種機器可以投射三百磅的石頭。使用它，可以擊毀城中的建築物，並殺死居民。大汗允許了他們的要求並熱情讚揚了他們的計劃，下令將最優秀的工匠集中起來，讓他們兄弟指揮。這些人中有些是聶斯托利派的基督教徒，是一群十分能幹的工匠。

幾天之內，他們按照波羅兄弟的設計，造出了投石機。並且在大汗和他的全體朝臣面前進行了實驗，當場表演了用機器投石三百磅的奇蹟。然後將它們裝船運至軍中使用。當這種機器在襄陽府前架好後，其中一架投出了第一塊石頭，打在一座建築物上，由於其沉重猛烈，以致這個建築物的大部分都被砸塌。居民對這種攻擊感到非常害怕，他們以為這和天雷的效力一樣，所以馬上決定投降。於是他們派出代表，表示願意歸順，他們所提的條件和其他投降的各城完全相同。

威尼斯兩兄弟的妙計，取得了這樣的奇效，使得他們在大汗和其他朝臣的心目中的地位大大提高了。


## 九江市與大江

離開襄陽府，向東南走十五日就到達了九江城。該城雖然不大，卻是一個商業重鎮。因它靠近江（長江），所以船舶往來數量眾多。至於這條江，則是世界上最大的河流，有些地方河面寬達十哩，有些地方寬八哩，還有些地方寬六哩。它的長度，從源頭到出海口，有上百日的路程。它還有許多可以通航的支流。這些支流發源於遠方，最後都匯入大江，所以大江的容量之大，全依賴於這些支流。

無數的城市和市鎮坐落在它的兩岸，享有其航運好處的多達十六個省和二百多個城鎮。至於航運量之大，非親眼所見的人，是不會相信的。然而當我們想到它的長度之大和支流之多時，對於其運輸商品的數量與價值的不可勝計，也就用不着驚訝了。其中主要的商品是鹽，這些鹽先由江和支流運到沿岸各個城鎮，然後再從這些城鎮運到內陸各地。

曾經有一個時期，馬可·波羅在九江市看見的船舶不下一萬五千艘，還有沿江的其他市鎮，船舶的數目要更多些。所有這些船都有甲板，並且都是單桅船。它們的載重量一般是威尼斯的四千坎脫立或四十萬公斤，其中有些載重量可達一萬二千坎脫立。它們除了在桅杆和帆上使用麻繩外，在其他地方均不使用。前面已經說過，此地有一種十五步長的竹子，他們首先把這種竹子剖成纖細的竹篾，然後將其織成三百步長的纜繩。這種纜繩的製作十分精巧，牽引力和麻繩相當。

每艘船都由十四或十二匹馬拉着纜繩逆江前行。沿江岸的許多地方都有小山和小岸石，在上面建有偶像的神廟或其他高大的建築物，至於村落和居住的地方更是接連不斷。


## 瓜州城


瓜州是大江南岸的一個小市鎮，每年有大批的穀米運集在此，其中絕大部分是運往汗八里城，供給皇帝的臣民的。這裏正好位於蠻子省的交通線上，這條交通線是由許多河流、湖泊以及一條又寬又深的運河組成的。這條運河是由大汗下令挖掘的，為的是使船舶能從一條大河駛入另一條大河，從而由蠻子省可直達汗八里，而用不着沿海航行。

這個宏偉的工程之所以值得讚美，不僅在於它把境內的河道交通連接起來，或它驚人的長度，而且因為它為沿岸各城市造福無窮。河的兩岸也同樣建有堅固、寬闊的河堤，因此使陸行也十分便利。

　　在瓜州城的對面，即江的中心，有一座完全由岩石構成的島嶼（即金山）。島上有一個大寺院，住着二百多個和尚，敬奉着眾多偶像。這裏是偶像教的聖地，地位高於其他寺廟。我們現在將介紹鎮江府城。

● 金山寺

## 鎮江府

　　鎮江府是蠻子省的一個城市，居民是偶像崇拜者，是大汗的百姓，使用他的紙幣。他們以工商業維持生活，都很富裕。他們織造綢緞和金線布匹。各種狩獵活動，在這裏十分盛行，各種食物也極其豐盛。

這個城裏有三座聶斯托利派的基督教教堂，建於1278年。大汗當時曾任命這一派的一個名叫馬薩奇斯的教徒管理這個城市達三年之久。這裏本來沒有教堂，現在的教堂是他來了之後創建的，至今仍然完好無損。離開這裏後，我們將説到常州城。

## 常州城

離開鎮江府，向東南走四日，沿途經過許多市鎮和要塞，這裏的居民都是偶像崇拜者，以手工業和商業為生，是大汗的百姓，使用他發行的紙幣。第四日晚上，便可抵達常州。這是一個美麗的大城，盛產生絲，並且可用它來織造各種花色的綢緞。這裏的生活必需品也十分豐富。

不過，這裏的居民生性邪惡、慘無人道。當伯顏征服蠻子國時，特派一些基督教徒阿雷人和他自己的一部分軍隊去奪取這座城市。他們一直來到城下，也未遇任何抵抗，於是就徑直進入城內。這裏有兩道城牆，分內外兩城。阿雷人佔據外城後，發現了大批美酒。士兵們因為連日行軍的疲勞和困苦，急於喝酒解渴，於是就不加思索地開懷暢飲，以至大醉而臥，睡倒在地。

內城的人一見敵人睡在地上，就乘機打開城門，把他們全部殺死，沒有讓一個人漏網。當伯顏聽到他的先遣隊所遭遇的厄運後，憤怒到了極點，於是他另派一支軍隊攻擊這座城市。城池攻破後，他下令將全城的人，不分男女老少，一律處死，藉此為死去的士兵復仇。

## 蘇州和吳州城

蘇州是一個壯麗的大城，周圍有二十哩，出產大量的生絲，這裏的居民不僅將它用來織造綢緞，供自己消費，從而使所有的人都穿上綢緞，而且還將之運往外地市場出售。他們中間有些人因此而成為了富商。城中居民之多，確實令人驚歎。不過，居民都十分膽小，他們只是從事工商業，並在這個方面表現出巨大的才能。如果他們在武勇和冒險上也像他們的機智一樣讓人敬佩，那麼他們如此眾多的人，不僅可以征服全省，而且還可以征服更多的地方。

居民中間有許多醫道高明的醫生，善於查明病源，對症下藥。有一些人是學識淵博的著名教授或者我們應稱之為哲學家，還有一些人可稱為術士或巫師。

在靠近城市的各山丘上，大黃長勢喜人，並從這裏蔓延全省。薑也同樣生長得很多，並且售價低廉，一個威尼斯的銀幣可買到生薑四十磅。

蘇州在法律上管轄十六個富裕的大城市與市鎮，商業和手工業都很發達。蘇州的名字就是指“地上的城

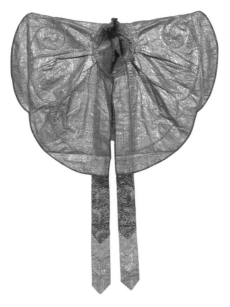

● 納石失披肩

市”，和京師的名字是指“天上的城市”一樣。離開蘇
州，我們將介紹距此僅一日路程的另一個城市，即吳
州。這裏也同樣出產大量的生絲，並有許多商人與手
工藝者。質料最好的綢緞就產於此城，並運往省內各
地出售。此外，這裏就沒有其他事物值得記敘的了。
現在我們將進而描寫蠻子省的主要城市與省會京師。

# 九、天城杭州

離開吳州，走三日，途經許多人口眾多和富裕的市鎮、城堡與村落，居民們豐衣足食。第三日晚上便到達了雄偉富麗的京師城（即杭州），這個名稱就是"天城"的意思。這座城的莊嚴和秀麗，的確是世界其他城市所無法比擬的，而且城內處處景色秀麗，讓人疑為人間天堂。

馬可‧波羅時常遊歷這座城市，對於這裏的一切事情，都詳細地進行了考察，並且一一記錄下來。下面細緻的描述就是從中摘錄下來的。按照通常的估計，這座城方圓約有一百哩，它的街道和運河都十分寬

● 杭州水道

闊，還有許多廣場或集市，因為時常趕集的人數眾多，所以佔據了極寬敞的地方。這座城市位於一個清澈澄明的淡水湖與一條大河之間。湖水經由大小運河引導，流入全城各處，並將所有垃圾帶入湖中，最終流入大海。城內除了陸上交通外，還有各種水上通道，可以到達城市各處。所有的運河與街道都很寬闊，所以運載居民必需品的船隻與車輛，都能很方便地來往穿梭。

據說，該城中各種大小橋樑的數目達一萬二千座。那些架在大運河上，用來連接各大街道的橋樑的橋拱都建得很高，建築精巧，豎着桅杆的船可以在橋拱下順利通過。同時，車馬可以在橋上暢通無阻，而且橋頂到街道的斜坡造得十分合適。如果沒有那麼多橋樑，就無法構成各處縱橫交錯水陸的十字路。

城外，在靠河的一面有一道寬溝環繞，長約四十哩。溝裏的水就引自上面提到的那條河。這道溝是當地古代的君主挖掘的，為的是在河水泛濫時，將溢出的河水排瀉到溝內。同時它還是一種防禦措施。從溝中掘起的泥土就堆在護城河的內側，形成許多小山，圍繞此溝。

城內除掉各街道上密密麻麻的店舖外，還有十個大廣場或市場，這些廣場每邊都長達半哩。大街位於廣場前面，街面寬四十步從城的一端筆直地延伸到另一端，有許多較低的橋橫跨其上。這些方形市場彼此相距四哩。在廣場的對面，有一條大運河與大街的方向平行。這裏的近岸處有許多石頭建築的大貨棧，這些貨棧是為那些攜帶貨物從印度和其他地方來的商人而準備的。從市場角度看，這些廣場的位置十分利於交易，每個市場在一星期的三天中，都有四、五萬人來趕集。所有你能想到的商品，在市場上都有銷售。

此處各種種類的獵物都十分豐富，如小種牝鹿、大赤鹿、黃鹿、野兔，以及鷦鴣、雉、鵪鶉、普通家禽、閹雞，而鴨和鵝的數量更是多得不可勝數，因為牠們很容易在湖中飼養，一個威尼斯銀幣可買一對鵝和兩對鴨。

城內有許多屠宰場，宰殺家畜——如牛、小山羊和綿羊——來給富人與大官們的餐桌提供肉食。至於貧苦的人民，則不加選擇地甚麼肉都吃。

一年四季，市場上總有各種各樣的香料和果子。特別是梨，碩大出奇，每個約重十磅，肉呈白色，和漿糊一樣，滋味芳香。還有桃子，分黃白二種，味道十分可口。這裏不產葡萄，不過，其他地方有葡萄乾販來，味道甘美。酒也有從別處送來的，但本地人卻不喜歡，因為他們吃慣了自己的穀物和香料所釀的酒。城市距海十五哩，每天都有大批海魚從河道運到城中。湖中也產大量的淡水魚，有專門的漁人終年從事捕魚工作。魚的種類隨季節的不同而有差異。當你看到運來的魚，數量如此多，可能會不信牠們都能賣出去，但在幾個小時之內，就已銷售一空。因為居民的人數實在太多，而那些習慣美食，餐餐魚肉並食的人也是不可勝數的。

這十個方形市場都被高樓大廈環繞着。高樓的底層是商店，經營各種商品，出售各種貨物，香料、藥材、小裝飾品和珍珠等應有盡有。有些舖子除酒外，不賣別的東西，它們不斷地釀酒，以適當的價格，將新鮮貨品供應顧客。同方形市場相連的街道，數量很多，街道上有許多浴室，有男女僕人服侍入浴。這裏的男女顧客從小時起，就習慣一年四季都洗冷水浴，他們認為這對健康十分有利。不過這些浴室中也有溫水，專供那些不習慣用冷水的客人使用。所有的人都習慣每日沐浴一次，特別是在吃飯之前。

在一些街上住着醫生和星相家。他們教人讀寫和其他多種技術。他們在圍繞方場的街道上也有住所。每一方形市場的對面有兩個大公署，署內駐有大汗任命的官吏，負責解決外商與本地居民間所發生的各種爭執，並且監視附近各橋樑的守衛是否盡忠職守，如有失職，則嚴懲不怠。

前面已經說過，城市中主要街道是從城的一端直達另一端的，這條街的兩側有許多宏大的住宅，並配有花園。附近有工匠的住所，他們是在自己的舖子裏從事勞作的。眾人為了維持自己的生計行業，來來往往，川流不息。任何地方要供養這許多人口，維持他們的生活，似乎都是一樁不可能的事。但就我觀察，每到集市之日，市場中擠滿了商人，他們用車和船裝載各種貨物，擺滿地面，而所有商品都能夠找到買主。拿胡椒為例，就可以推算出京師居民所需的酒、肉、雜貨和這一類食品的數量了。馬可·波羅從大汗海關的一個官吏處得悉，每日上市的胡椒有四十三擔，而每擔重二百二十三磅。

　　這個城市的居民是偶像崇拜者，通用紙幣。男子與婦女一樣，容貌清秀，風度翩翩。因為本地出產大宗的綢緞，加上商人從外省運來綢緞，所以居民平日也穿着綢緞衣服。

　　在此處所經營的手工業中，有十二種被公認高於其餘各種，因為它們的用處更為普遍。每種手藝都有上千個工場，而每個工場中都有十個、十五個或二十個工人。在少數工場中，甚至有四十個人工作。這些工人受工場老闆的支配。這些工場中富裕的手工業主人並不親自勞動，而且他們還擺出一副紳士的風度，裝模作樣地擺架子。他們的妻子也同樣不事勞作。前面已經說過，她們都非常美麗，並且從小嬌生慣養。她們的綢緞衣服和珠寶飾品都貴得令人難以想像。古代帝王的法律雖然規定每個人都必須世代繼承父業，但是只要他們有了錢，便能僱傭工人經營祖業，而不必親自勞動。

　　居民的住宅雕樑畫柱，建築華麗。由於居民喜好這種裝飾，所以花在繪畫和雕刻上的錢數十分可觀。

　　京師本地的居民性情平和。由於從前的君主都不好戰，風氣所致，於是就養成他們恬靜閒適的民風。他們對於武器的使用，一無所知，家中也從不收藏兵器。他們完全以公平忠厚的品德，經營自己的工商業。他們彼此和睦相處，住在同一條街上的男女因為鄰里關係，而親密如同家人。

　　至於家庭內部，男人對自己的妻子表現出相當的

馬可波羅東遊記

天城杭州

尊敬，沒有任何妒忌或猜疑。如果一個男人對已婚的婦人説了甚麼不適宜的話，就將被看成一個有失體面的人。即使是外地來的商旅，他們也竭誠相待，請入家中，以示友好，對於其商業上的事務，也給予善意的忠告和幫助。另一方面，他們不願意看見任何士兵，即使是大汗的衛兵也不例外，因為一看見他們居民們就會想起死去的君主和亡國之恨。

在我所説的湖的周圍有許多寬敞美麗的住宅，這都是達官貴人的寓所。還有許多廟宇及寺院，寺中住着許多僧侶，他們都十分虔誠可敬。靠近湖心處有兩個島，每個島上都有一座美麗華貴的建築物，裏面分成無數的房間與獨立的亭子。當本城的居民舉行婚禮或其他豪華的宴會時，就來到這兩座島上。凡他們所需的東西，如器皿，桌巾枱布等這裏都已預備齊全。這些東西以及建築物都是用市民的公共費用備置的。有時，此處可同時開辦一百桌婚喪喜慶的宴會，但裏面的供應依然井井有條周到齊全，每家都有各自的房間或亭子可以使用，不會相互混雜。

除此之外，湖中還有大量的供遊覽的遊船或畫舫，這些船長約十五至二十步，可坐十人、十五人或二十人。船底寬闊平坦，所以航行時不至於左右搖晃。所有喜歡泛舟行樂的人，或是攜帶自己的家眷，或是呼朋喚友，僱一條畫舫，蕩漾水面。畫舫中，舒適的桌椅和宴會所必需的各種東西一應俱全。船艙上面鋪着一塊平板，船夫就站在上面，用長竹竿插入湖底——湖深不過一、二噚——撐船前進，一直到達目的地。這些船艙內油彩艷麗，並繪有無數的圖案；船的各處也同樣飾以圖畫，船身兩側都有圓形窗戶，可隨意開關，使遊客坐在桌前，便能飽覽全湖的風光。這樣在水上的樂趣，的確勝過陸地上的任何遊樂。因為，一方面，整個湖面寬廣明秀，站在離岸不遠的船上，不僅可以觀賞全城的宏偉壯麗，還可以看到各處的宮殿、廟宇、寺觀、花園，以及長在水邊的參天大樹，另一方面又可以欣賞到各種畫舫，它們載着行樂的愛侶，往來不絕，風光旖旎。事實上，這裏的居民在工作或交易之餘，除掉想和自己的妻子或情人在畫舫中或街車上休閒享樂之外，別無所思。至於這種街車是怎樣成為居民的一種消遣手段的，這裏也應略加描寫。

● 遊船畫舫

# 京師大城其他詳細情形

首先，大家必須知道，京師的一切街道都是用石頭和磚塊鋪成的。從這裏通往蠻子省的所有主要大路，也全都如此，所以，旅客行走各處，不會被污泥弄髒雙腳。但是大汗的驛卒如要策馬疾馳，就不能走石路，因此道路的一邊是不鋪石頭的。

城內大街用石頭和磚塊鋪砌，每邊十步寬，中間鋪着沙子，並建有拱形的陰溝，以便將雨水泄入鄰近的運河之中，所以街道保持得十分乾淨。街車就在這種街道上往來馳騁。這種車子是長方形的，頂上有蓋，四周掛有綢幔，並且配有綢製的坐墊，能容六人乘坐。那些喜歡遊樂的男女常常僱它代步。因此，時常有大批的車子在街道上經過。他們中有些人是專門去遊花園的，他們一到園中就被那些管理花園的人引到蔭涼的洞穴去休息。這是管理人員專門為遊人設立的。男人帶着婦女在這裏遊玩終日，直至晚上才乘馬車回家。

京師人在子女降生時，馬上將年、月、日、時記下來，然後請一個算命先生推算嬰兒的星宿，算命先生的答覆也同樣詳細地寫在紙上。當嬰兒長大後，如果有甚麼重要的事情，如經商、航海、訂婚等等，就拿着這個生辰八字到算命先生那裏，經過他詳細推算之後，預言事情的成敗。當事者對這個極為重視。因為算命先生操術精湛，所以預言也有靈驗的時候。市場上的每一個地方都能遇到大批的算命先生，或者說是術士。任何婚姻，在沒有得到算命先生的意見前，是決不會舉辦的。

任何達官顯貴和富人大戶死後，都必須遵守以下的儀式，這也是他們的風俗。所有死者的家屬及親友都必須穿起粗麻布衣服，伴送死者直到墳地。送葬的隊伍伴以樂隊，沿途吹吹打打，還有僧侶之類的人高聲唸頌經文。到達墳地後，把許多紙製的男女僕人、馬、駱駝、金線織成的綢緞，以及金銀貨幣投入火中。他們相信死者在陰間也可以享受這些東西，並且相信那些假人與貢物都會在陰間恢復原來的狀態，即使貨幣、綢緞等也是如此。等這些東西燒完後，他們立刻奏響所有的樂器，聲音宏大喧囂，經久不息。他們認為這樣的儀式，可以使他們的偶像接引那屍體已化為灰燼的死者的亡靈。

這個城市的每條街上都有一些石頭房屋或閣樓。這主要是因為，街上的房屋大多是木材所建，很容易着火。所以，一有火警，居民可將他們的財產移到這些閣樓中，以求安全。

依照大汗的規定，每一座重要的橋樑上都駐有十個衛兵，五個人負責白天，五個人負責夜間。每個守衛都配有一個木製的報時器（木梆），一個銅製的報時器（銅鑼），再加上測定晝夜時刻的計時儀。當夜間第一個時辰到來時，一個守衛就在木器和銅器上各敲一下，這就是向鄰近街道上的居民宣佈一更已經到了；當二更時，就敲兩下；隨着時間的推移，敲擊的次數也隨着增加。守衛是不准睡覺的，必須時刻處於警戒

馬可波羅東遊記

天城杭州

狀態。到了清晨，太陽一出來，又和晚間一樣，重新敲一下，這樣一個時辰一個時辰地遞增。

還有些守衛專門巡邏街市，檢查是否有人在規定的宵禁時間之後，還點着燈。一經發現，他們就在這戶人家的大門上作一個記號，第二天清晨也把主人帶到官署審問，他如不能說出正當的理由，便要受到懲罰。如果發現有人在戒嚴的時候，仍然逗留在外，守衛便馬上將他逮捕監禁，第二天清晨再將他帶到同一官署中審問。他們如果發現一個殘疾人或其他患病而不能作工的人，就會把他送入慈善堂。像這樣的慈善堂，城中每一地區都有幾個，是由古代的君主創辦的。當病人痊癒後，就必須讓他從事某種職業。

如遇上火警，守衛就敲擊木器發出警報，於是一定距離內的守衛就會立刻趕來救火，並將此地商人和其他人的財產，移入前面所說的石屋中。貨物有時也裝入船中，運到湖中的島上。即使在這種情況下，除了貨物的主人與前來幫忙的守衛外，其他百姓也還是不能在夜間出門的。不過，儘管如此，現場人員也不下一二千人。

居民中如發生騷動或叛亂，這種巡邏兵的作用就顯得更加重要了。但除他們外，大汗還在城中及其郊區常年駐有龐大的步兵和騎兵，並且以最能幹的軍官統率。

蠻子省一直到被大汗征服前，都是一個統一的王國，但大汗征服之後，將它分成九個轄區，每一轄區任命一個王公或總管來統治。這些總管每年都要向大汗的專使彙報收入的總數和司法上的大小事情。三年任期結束後，他們一律遷換，這和其他所有官員都是一樣的。

馬可‧波羅在京師的時候，正好碰上大汗的欽差在這裏聽取該城的稅收和居民數目的報告，因此有機會了解杭州的人口數目。當時上報的有一百六十個托曼的爐灶，所謂爐灶就是指住在同一間屋子裏的家庭，一個托曼就是一萬，所以全城有一百六十萬戶人家。

每家的父親或家長必須將全家人的名字，不論男女，都寫好貼在門口，馬匹的數目也一樣要載明。如有人死亡或離開住所，就將他們的名字勾去，如遇添丁，就加在名單上。本省的大員和各城的長官，靠這個方法，隨時可知居民的確切數目。契丹省也和蠻子省一樣，都要遵循這個規定。所有客棧和旅館的老闆也同樣要將投宿的客人的姓名寫在一個簿子上，註明他們來去的日期和時間，這種簿子每日須交送一份給駐在方形市場的那些官吏。貧窮階層的人民因不能維持家中的生活，便將自己的子女賣給富人，從而使孩子獲得較好的教養，這也是蠻子省的風俗。

# 十、繁榮的中國沿海

## 福州及建寧（今福建建甌）

離開京師管轄的最後一座城市處州後，便進入了福州王國，其主要的城市叫福州城。向東南方向走六天，越山翻嶺，穿峽涉谷，沿途經過許多市鎮和鄉村。這裏物產豐富，人民生活富足，野外的狩獵活動也很頻繁。尤其是鳥雀，種類特別多。此地的居民都是大汗的臣民，從事商業和手工業。

這一帶有許多體格龐大、性情兇猛的老虎。薑和藥材的產量極高，尤其是薑，用相當於一個威尼斯銀幣的價格可以買八磅。還有一種植物具有番紅花的一切特徵，連味道與色澤也一樣，但卻不是真正的番紅花。這種植物極其珍貴，因為它是不可缺少的佐菜調料，所以價格十分高昂。

經過六天的行程，便到達建寧府。該城面積廣大，有三座建築美觀的橋樑，橋長一百步，寬八步。這裏的婦女非常漂亮，而且生活奢華安逸。此處還盛產生絲，並且能將生絲織成各種花色的綢緞。棉布則是由各種顏色的棉紗織成的，行銷蠻子省各地。居民從事商業，他們將大量的生薑運往外地。據傳聞，這裏有一種家禽沒有羽毛，身上所披的黑毛和貓一樣，但我卻從沒有看見過，如能親見，這必定是一個奇觀。牠們和其他家禽一樣生蛋，肉也十分鮮美可口。這裏的老虎肆虐，遊人若不結伴同行，就難保性命無憂。

## 侯官城

　　離開建寧府，前行三日，來到侯官城。沿途經過許多市鎮和城堡，這裏的居民是偶像崇拜者。盛產生絲，並且大量輸出。

　　此地以大規模的製糖業著稱，所產的糖大多運往汗八里，專門供給宮廷。這裏在納入大汗的版圖前，居民是不懂得高超的製糖工藝的，製糖手段十分落後。那時所製的糖，冷卻後，竟呈一種暗褐色的糊狀。在大汗統治期間，剛好有些巴比倫人來到帝都，並且被派到了這個城市，於是他們教授居民用某些木炭精製食糖的方法。

　　沿着同一方向再走十五哩，就是福州城。這座城是蠻子省的九大區域之一的福州王國的總管的管轄區。此處駐紮着許多軍隊，一旦發生叛亂，他們就可以隨時鎮壓。這個城市的中央有一條河橫貫而過，河面寬一哩，兩岸都建有高大豪華的建築物。在這些建築物前面停泊着大批的船隻，滿載各種貨品，特別是糖，因為這裏也出產大量的糖。有許多商船來自印度，裝載着各種珍珠寶石，一旦售出，即可獲得巨大的利潤。這條河離刺桐港不遠，河水直接流入海中，因此印度來的船舶可以直接到達這個城市。這裏的各種食物都很豐富，並且還有許多令人賞心悦目的果園，出產優質美味的水果。

# 刺桐港（今福建泉州）與德化城

離開福州城，渡過上述那條河，向東南方前行五日，沿途人口稠密，並有許多市鎮、城堡和堅固的住宅。這裏物產豐富，但道路崎嶇不平，一路上都是山嶺、峽谷、密林，只有一小塊平原。此地的森林中多為灌木，出產樟腦。鄉間的獵物也很多。居民是大汗的百姓，歸福州管轄。

到第五日晚上，便到達宏偉美麗的刺桐城。刺桐城的沿海有一個港口，船舶往來如織，裝載着各種商品，駛往蠻子省的各地出售。這裏的胡椒出口量非常大，但其中運往亞歷山大港以供應西方各地所需的數量卻微乎其微，恐怕還不到百分之一。刺桐是世界最大的港口之一，大批商人雲集於此，貨物堆積如山，買賣的盛況令人難以想像。此處的每個商人必須付出自己投資總數的百分之十作為稅款，所以大汗從這裏獲得了巨大的收入。此外商人租船裝貨，對於精細貨物必須付該貨物總價的百分之三十作為運費，胡椒等需付百分之四十四，而檀香木、藥材以及一般商品則需付百分之四十。據估算，他們的費用連同關稅和運費在內，總共佔到貨物價值的一半以上，然而就是剩餘的這一半中，他們也有很大的利潤，所以他們往往運載更多的商品回來交易。

這個地區風景秀麗，物產豐富。人民是偶像崇拜者，性情平和，安居樂業。印度內地有許多富人來到這裏，僅僅是因為想刺得一身美麗的花紋，因為這裏的紋身技師以人數眾多，技藝出眾而馳名。

流經刺桐港的河流，河面寬闊，水流湍急，是經

● 泉州地處江邊，瀕臨大海，海岸曲折，水深浪平，宋元時是天然良港。圖中為祈風送舶石刻。

過京師那條河的一個支流。德化就位於該支流和主流的交匯處。這裏除了燒製瓷杯或瓷碗碟外，別無可述之處。這些瓷器的製作工藝如下：首先從地下挖取一種泥土，並把它堆成一堆，在三四十年間，任憑風吹雨淋日曬，就是不翻動它。泥土經過這種處理，就變得十分精純，適合燒製上述的器皿。然後工匠們在土中加入合適的顏料，再放入窰中燒製。因此，那些掘土的人只是替自己的子孫準備原料。大批製成品在城中出售，一個威尼斯銀幣可以買到八個瓷杯。大汗從福州總管的轄區內——蠻子省九大地區之一——所獲得的巨大收入和從京師所得的一樣多。

# 十一、南海群島國見聞

## 薩馬拉

　　薩馬拉王國是小爪哇島劃分出來的一個國家。馬可·波羅因為逆風的緣故，被迫在這裏逗留了五個月。這裏看不見北斗星，就連大熊星座的其他星星也看不見。人民是偶像崇拜者；受一個強有力的君主統治。這位君主自稱是大汗的臣僕。

　　馬可·波羅在這個島上居留了如此長的時間，所以必須和二千隨從上岸居住。但野蠻的土人時常伺機捕捉迷路的人，不僅將他們殺死，還大食其肉。為防止這種土人的傷害，馬可·波羅下令挖了一條又深又寬的壕溝，圍繞着他的駐地，兩端都通到泊船的港口。他又令人在溝旁搭建了幾間木屋和木造的小堡——這個國家出產豐富的木料——以便防守。經過這番防備，他便和同行的人安全地住了五個月。他們又以行動贏得了土人的信任。於是土人按照約定，供給他們食物和其他必需品。

　　世界上沒有一個地方的魚能比這裏的魚更加鮮美。這裏不產小麥，人民以大米為食。居民不懂得釀酒，他們從一種棕櫚樹上取得一種優質的飲料，其方法如下：先將一根樹枝砍下，再在斷處放一個容器，承接其中流出的汁水。經過一晝夜的時間，容器就盛滿汁水。這種汁水十分有益於健康，可以療治浮腫、肺病和脾臟病。當刀砍處不再流出汁水時，他們就用管子或溝渠，將河水引來灌溉，等到這些樹獲得充分的水量後，汁水又和起初一樣流出來。有些樹流出來的汁水略帶紅色，有些則為乳白色。

這裏也出產印度堅果（椰子），有人頭般大小，裏面的果肉香甜可口，潔白如乳。這種堅果中充滿了汁水，清涼如甘泉，比酒或任何其他飲料更芬芳可口。居民不加選擇地食用一切肉類。

# 南巫里和班卒王國

南巫里也同樣有自己的君主和自己的語言。國中出產樟腦和各種藥材。人民播種蘇木，等它萌芽枝時，就移植他處，生長三年後，再連根移植一次。馬可·波羅曾將這種植物的種子帶回威尼斯播種，但因氣候不夠炎熱，所以沒有生長出來。

這個國中有一種生有尾巴的人。尾長一指距，和狗尾一樣，不過上面沒有長毛。他們的生活區域僅限於山區。犀牛是森林中的最普遍的動物，還有大量各種飛禽走獸可作獵物。

班卒是同一島上的另一個王國，受自己的君主的統治。此處所產的樟腦比其他任何地方的品質都要高得多，被稱為班卒樟腦，極為昂貴。

　　這裏不產小麥，也不產其他黍類，居民吃大米和乳製品，酒是自樹上取來的，和前面所描寫的薩馬拉取酒的情形相同。他們還有一種樹（西米樹），經過簡單的加工，就可以得到一種粉。此樹樹幹高大，要兩個人合抱才抱得攏。如將樹的外皮剝去，其內部的木質約有三吋厚，中央部分充滿了木髓，可產生一種粉。將這些粉放入一個盛水的容器中，用棍攪和，使裏面的纖維和不潔的東西浮起來，潔淨的部分沉在底下。經過這種處理，再將水倒出，除去上面無用的東西，下面的粉做出的食品味道很像大麥麵包。馬可・波羅時常食用此物，並帶了一點回威尼斯。

　　這種樹的木料像鐵一樣硬，如果投在水中，便像鐵一樣立即沉沒。這木頭能一直從頭縱剖到底，像竹

● 錫蘭島

竿一樣，當粉由樹中取出後，這木頭只剩下三吋厚，這事已經說過了。土人用這種木料來做投槍，但只是短的而不是長的。如果是長的，沒有人能使用它，甚至不能拿起它，因為這木頭太重了。他們把投槍的尖頭削得很尖，並且用火燒過，十分堅硬，可以穿過任何甲冑，在許多方面，比鐵還要好。

## 錫蘭島（今斯里蘭卡）

錫蘭島就它的實際面積講，它比世界上其他任何島都要大，方圓共計二千四百哩。而且在古代，還要大些，足有三千六百哩，這可以從那些水手的航海圖中看出來。不過猛烈的北風已經侵蝕了島上的山嶽，

致使不少地方崩塌，沉入海中，所以此島就無法保持原來的面積了。

全島受一個名叫森德拉慈的君主的統治。人民崇拜偶像，並不依附其他任何國家。男女差不多都赤身露體，僅腰下裹一塊布遮羞。除了大米和芝麻外，沒有其他穀類。芝麻是用來製油的。他們的食物是乳品、大米和肉類，所飲的酒取自樹上，至於取法前面已經描述過了。此處還出產最好的木製的染料。

島上所產的紅寶石比世界上其他任何地方的都要美麗、昂貴。此外還同樣出產藍寶石、黃寶石、紫水晶、紅石榴石和其他許多貴重的寶石。據說這位君主擁有世上所罕見的一塊最華美的紅寶石，有一指距長，一手臂厚，燦爛無比，並且沒有絲毫瑕疵。此寶石擁有火紅的顏色，實屬無價之寶。忽必烈大汗曾派遣使臣到該國來，要以一個城市來換取這塊寶石。而君主的答覆是：即使將世界上的一切財寶都送給他，他也不會出讓此寶；無論如何他都不會讓紅寶石離開他的國土，因為這是他的先人留下來的鎮國之寶，所以不能讓給大汗。

這個島上的居民可憐而膽小，無法當兵作戰，這裏需要士兵時，都是從別國招募的。

這個錫蘭島上有一座很高的山，四周全是懸崖絕壁。據說，不藉助一種特製的鐵鏈，根本無法到達山頂。有些人靠這種鐵鏈攀上了山頂，從而發現了我們人類的第一個祖先亞當的墳墓，這是薩拉森人的說法。但偶像崇拜者說，墳墓中所埋的，是他們的宗教

馬可波羅東遊記

南海群島國見聞

創始人釋迦牟尼的屍體，此人被他們尊為大聖人。

釋迦牟尼原本是這個島上的王子，他醉心聖潔的生活，不肯接受王位或其他世俗的財物。他的父親雖曾利用女色和其他各種享樂之法，竭力想使他放棄出家的決心，但他絲毫不為所動，每次勸阻都徒勞無功。最後他獨自逃到這座高山上，為了保持獨身和嚴格的禁慾生活，而結束了自己塵世的生活。

一些偶像崇拜者視他為聖人。他的父親卻極為傷心，特令人用金子和寶石，為他的兒子塑了一座像，並令島上的一切居民敬奉它為神明。這就是國中偶像崇拜的起源。釋迦牟尼現在仍舊被視為高於一切的神靈。

虔誠的人從各個地方來到他的墳墓所在的聖山上朝觀。他的一些毛髮、牙齒和他所用的面盆，至今仍保存完好，並通過多種的儀式展列出來。而另一方面，薩拉森人以為這些東西是祖先亞當的，也同樣專程來到這座山上朝拜。


## 馬八兒王國（今印度南部）

離開錫蘭島，向西行六十哩，到達馬八兒王國，這不是一個島，而是所謂大印度大陸的一部分，是世界上最高貴和最富足的國家。

這個國家受四個君王的統治。其中為首的一個叫森德班第。他的境內有一個珍珠漁場，在馬八兒和錫蘭之間的海灣中。這裏的水深不過十二米，有些地方還不到四米。

這個漁場的經營方式如下。商人先分成不同的組，再租用一些大小不同的船舶，並準備好鐵錨，然後僱傭一些潛水員，潛入水中去拾取含有珍珠的牡蠣。潛水員將拾到的牡蠣放入綁在身上的網袋內，這樣不斷地工作，直到無法再屏住呼吸，才浮出水面。

經過短暫的休息後，他們又潛入水底開始工作。從這個海灣漁場撈上來的珍珠，大都是圓的，而且富於光澤。牡蠣產量最大的地方叫柏達拉，靠近大陸海岸。

這個海灣裏有一種巨大的魚，常常傷害潛水者。商人為了避免牠們傷人性命，特地僱用布那明人中的一些巫師，請他們用神秘的巫術讓這些魚昏迷不醒。因為撈取牡蠣的工作，完全能在白天進行，因此巫師們的法術到了夜間也就失去了效力。這樣一來，那些企圖在夜間潛水偷撈牡蠣的人也就不敢下手了。那些巫師的迷魂術同樣適用於各種禽獸。

撈取牡蠣的工作從四月份開始到五月中旬結束。這項特權是由君主賦予的，而他只收取捕獲物的十分之一，巫師收取二十分之一，因此商人獲得了大部分利益。上述的時期過完後，牡蠣也就撈完了，於是商人又將船舶開往距這個海灣三百哩的地方，從九月開始繼續工作，直到十月中旬為止。君主儘管僅收取珍珠的十分之一，但他有權選取所有個大物美的珍珠。商人也樂於將好貨獻出，因為君主為此支付的價格總是很優厚的。

　　馬八兒境內的土人，除了在腰部圍一塊布外，常常赤身裸體地出外行走。國王身上所圍的布片也並不比其他人多，只是他所用的布質量較好，並佩有各種裝飾品，如價值連城的寶石、藍寶石、綠寶石和紅寶石等。他還將一條精緻的絲帶戴在脖子上，一直垂到胸部，絲帶上串着一百零四顆美麗的珍珠和紅寶石。這個特別的數目主要是出於宗教原因。國王的每條手臂上都帶着三個金鐲子，鐲子上飾有珍珠和寶石，腿上三個不同的部位也帶着三根裝飾相同的金箍。同時他的腳趾和手指也帶有價值不菲的環飾。

　　這個王國大部分崇拜偶像的居民，對牛也特別尊敬，沒有任何人會受引誘而吃牛肉。但有一個叫加阿艾的特殊部落，可以允許吃牛肉。但他們不敢殺牛，只是在發現牛屍時（無論是自然死亡或非自然死亡），才能取來食之。他們從不宰殺家畜和其他任何動物來作食品。當他們想吃羊肉或其他動物的肉時，就請不受同一個教律與風俗約束的薩拉森人代為操刀。

　　這裏的男女每天洗兩次澡，早晨一次，晚上一次。如果不舉行這樣的洗禮，他們就不吃不喝。所有忽視這種禮儀的人，都必定被視為異教徒。他們吃飯時只用右手，左手是從來不接觸食物的。凡是清潔和精細的工作他們都用右手來做，至於左手只做一些不清潔、不應當而又必須要做的事，如清洗陰部。他們用一種特別的容器喝東西，且各自分開，絕不混用。當他們喝東西時，絕不把容器放在嘴邊，而是高舉過頭，把汁液倒入口中。總之，絕對不讓容器與嘴唇接觸。當他們邀請一個外人飲酒時，即使他沒有帶容器，他們也不會把自己的容器遞給他，而是把酒或其他飲料倒入他的手中，讓他用兩手為杯來飲取。

這個國家氣候十分炎熱，居民全都赤身裸體。除了六、七、八三個月份以外，其他時間都不下雨。如果不是這三個月中的雨水使氣候涼快些的話，恐怕人無法在此生存。

土人使用一種輕便的、設計巧妙之極的藤製的吊牀。當他們上牀睡覺時，只要將繩子一拉，牀上的帳子就會合攏起來。這樣既可以防止咬人極痛的塔蘭圖拉毒蜘蛛的侵入和跳蚤或其他小蟲的騷擾，同時又可以使空氣自由流通而不致悶熱。當然這種享樂僅限於有地位和富裕的人，至於下等人只能露宿街頭了。

## 馬達加斯加島

馬達加斯加島是世界上最大、最肥沃的島嶼之一，方圓近三千哩。

這裏的居民是伊斯蘭教徒或穆罕默德教規的信徒。他們有四個希克——在我們的語言裏是“長老”的意思——這四個希克在政府中擔任不同的職務。人民以商業和製造業為生，並出售大量的象牙。因為這裏和桑給巴爾一樣，都盛產大象，從桑給巴爾輸出的象牙也為數眾多。

居民一年四季所吃的主要食物是駱駝肉。雖然也吃其他家畜的肉，但是駱駝更受歡迎，因為牠是本地肉食中最有益健康和最可口的。

　　森林中有許多紅檀香木，它的價格隨着產量的上升而下降了不少。此外還盛產鯨魚的龍涎香，潮水將這種東西直接沖到岸上，居民彎腰拾起便可出售。

　　土人捕捉老虎、豹子和其他各種動物，如赤鹿、羚羊和黃鹿以及一些鳥雀，這給了他們許多野外運動的機會。這裏的鳥與棲息在我們那種氣候中的鳥是不相同的。

　　世界各地有許多商船駛往該島，船上裝載着各種貨物，如錦緞、絲綢。商人或是賣給本島商人或是交換本地特產，他們因此獲得了巨額利潤。

　　商船最遠就到這個島和桑給巴爾島，而不再駛向更南方的無數島嶼。因為流向南方的洋流，波濤洶湧，船隻一去就無法再返回。從馬拉巴海岸到該島需航行二十至二十五天，而返回則需要三個月，由此可見向南而去的洋流的聲勢是多麼龐大啊！

　　據島上的人說，在一年的某個季節中，有一種奇特的鳥——他們稱為“魯克”——從南方飛來。這種鳥的體態和鷹相似，但卻比鷹大得多。牠體大兇猛，可用爪子抓起一頭象，然後帶着大象飛到空中，再把大象摔死而食其肉。

　　據曾經看見這種鳥的人説，當牠的兩翼張開時，長達十六步，毛的長度和厚度均為八步。據馬可·波羅猜想，這種動物也許就是書中描繪的叫格利芬的半鳥半獅的獸類。他還特意向那些親眼見過此鳥的人求證過，但他們堅持認為此物具有鳥的形態，具體地說，是鷹的形態。


## 桑給巴爾（今坦桑尼亞東部）

越過馬達加斯加島就是桑給巴爾島，據説該島方圓有二千哩。居民崇拜偶像，自有一種特殊的語言，並且對任何國家都不納貢品。他們的塊頭很大，但高度卻與之極不相稱。如果不是這樣，他們一定會被看作巨人了。

他們都十分強健，一個人可以背我們四個人所背負的重量。同時他們所需的食物也相當於我們五個人所吃的飯量。他們的皮膚黝黑，全身僅腰下纏一塊布。他們的頭髮鬈曲，即使浸在水中，也很難拉直。他們的嘴巴大而闊，鼻子向上翻，耳朵很長，眼睛大而可怕，容貌像鬼一樣。婦女也同樣醜陋，也是口闊鼻厚眼大。他們的手和頭都很巨大，身體各部分極不勻稱。

這個島上有世界上最醜的婦女。她們的大嘴、厚鼻子和難看的乳房，都比其他婦女的大四倍。他們以肉類、乳品、大米和棗子為食，沒有葡萄酒，但用米、糖和一些香料配製了一種酒，其味道可口，而且更易醉人。

島中盛產大象，所以象牙是一種重要的商品。

這裏也有美麗的長頸鹿。牠的身材勻稱，前腿細而高，後腿短，頸甚長，頭小，性情溫和。牠們的毛色較淺，並帶有紅色的斑點。頭頸相連長約三步。

　　該國的綿羊和我們的不同，除了頭是黑的外，全身皆是白色，狗的顏色也是如此。一般動物的體態都和我們的有所差別。

　　有許多商船運貨來該國換取象牙和龍涎香，因為海中多鯨魚，所以沿岸有許多這種香料。

　　島上的首領們有時也相互爭戰，人民打仗十分勇敢，往往奮不顧身，勇往直前。他們沒有馬匹，所以乘象或駱駝作戰。他們在象背上裝上木亭，可容十五至二十人，用劍、矛和石子作武器。開戰之前，他們特地讓象喝酒，因為這樣可以使牠們在進攻中更加興奮而勇猛。

# 十二、中印度記略

## 阿比西尼亞王國（今埃塞俄比亞）

　　阿比西尼亞是一個幅員遼闊的國家，又稱為中印度或第二印度。它的主要君主是一個基督教徒，此外還有六個君主，三個是基督教徒，三個是伊斯蘭教徒，他們都向為首的君主繳納貢品。

　　有人告訴馬可‧波羅說，這些地方的基督教徒為表明自己的身份，特意用烙鐵在前額和雙頰烙三個記號。可以說，這是水洗後的第二次火的洗禮。伊斯蘭教徒只有一個記號，即從前額一直到鼻子的中央。這裏的猶太人也很多，他們的兩頰也有兩個記號。

　　基督教徒的主要君主的都城都在這個王國的內地。伊斯蘭教徒眾親王的疆土則毗鄰亞丁王國。這裏的人改奉基督教，是光榮的使徒聖托馬斯的功勞，自從他在努比亞王國傳播福音，使那兒的居民改信基督教後，就來到了阿比西尼亞，憑藉自己的說教和表現出來的奇蹟產生了與努比亞同樣的效果，最後，他隱居在馬八兒王國，也使無數人改變了信仰。後來——如前所述——他取得了殉教者的桂冠，並埋葬在那裏。

　　阿比西尼亞人因為常常同亞丁的伊斯蘭教君主、

努比亞的人民和其他許多鄰國的人民作戰，所以都成為了勇敢而優秀的戰士。他們頻繁地使用着武器，要算這一帶最好的士兵了。

這個王國的居民以小麥、大米、肉類及乳品維持生活，他們用芝麻煉油，各種食物極其豐富。國內有象、長頸鹿和其他各種動物，如野驢和像人一樣的猴子，還有許多家禽與野禽。黃金的產量也極大。商人常來此經商，以獲得巨額利潤。

# 亞丁王國（今也門）

亞丁受一個君主的統治，他的尊號叫蘇丹。居民都是伊斯蘭教徒，並極端厭惡基督教徒。境內有許多市鎮和城堡，並且有一個優良的港口。裝有香料和藥材的船隻常從印度駛來這裏，商人買了上述的貨物後，再把這些貨物從大船分裝到小船上，以便轉運到亞歷山大港。根據天氣的狀況，沿着海灣航行二十天左右，就可到達目的地。

商人在船到亞丁港後，將貨物卸下船，然後用駱駝向內地轉運，走三十日，到達尼羅河。再用一種叫作哲姆斯的小船裝載貨物，沿尼羅河運抵開羅，再從這裏沿一條叫作加利齊恩的運河到達亞歷山大港。

這是商人將印度的貨物從亞丁運到亞歷山大港最容易走和最短的道路。他們在亞丁也同樣裝運大批阿拉伯馬送往印度王國和各島嶼出售，並開出昂貴的價格，以獲得巨大的利潤。

　　亞丁的蘇丹向印度運來的商品以及從他的港口運出的商品徵收關稅，從中取得了巨額財富，因為這個港口是那一帶最大的商品交易市場，也是一切商船來往的必須之所。

　　有人告訴馬可·波羅，當巴比倫的蘇丹第一次引兵圍攻亞克城並佔領該城的時候，亞丁蘇丹援助了他三萬匹馬和四萬頭駱駝。由此可見他們對於基督教的仇恨有多麼大。我們現在將談到厄西爾城。


## 厄西爾城

　　厄西爾城的統治者是一個伊斯蘭教徒，他公正地治理此城，並受亞丁蘇丹的節制。

　　從亞丁至厄西爾的距離約四十哩，有許多市鎮、城堡和優良的港口隸屬於厄西爾。許多商船從印度開來，並從這裏運回大批的良馬。這些馬極受印度貴族的重視，商人因此得以高價售出。

　　這個地區生產大量的一等白香料，它是從一種像冷杉的樹上一滴一滴流下來的，將管子插入樹中或將樹皮剝去，乳香就從割口處逐漸流出，然後凝結成固體。有時就算沒有切口，由於氣候炎熱，這種乳香也會從樹上流出來。

　　這裏還有許多棕櫚樹，出產大量的棗子，該國除米和粟外，沒有別的穀類，因此必須從別處獲得這些東西。酒不是用葡萄釀製的，而是用一種米、糖和棗釀成的，十分可口。他們還養有一種綿羊，這種綿羊在其他羊類長耳朵的地方上長着一對小角，並一直到鼻梁上。牠另有兩個小孔起着耳朵的作用。

居民都是熟練的漁夫，捕獲的金槍魚非常多，以至於一個威尼斯銀幣可以買到兩條。因為該國天氣炎熱，寸草不生，所以他們通常把這些魚曬乾後用來作牛、駱駝和馬的飼料。這些家畜由於經常食用，也早已習以為常了。

上述飼料主要是由一種小魚製成的。牠們在三、四、五月份被大量地捕撈起來，然後被曬乾堆在家中作為家畜的飼料，家畜也吃新鮮魚，但更習慣吃乾魚。

土人因為缺乏穀類，所以用魚肉作為原料來烘製大餅。其做法如下：他們將魚切成小塊，加入某種汁液，並和入麵粉，使魚塊變成糊狀，然後把牠們團在一起，放在灼熱的太陽下曬乾。最後再把這種餅乾成塊地貯藏起來，作為全年的食物。

前面所說的乳香在這裏的價格十分低廉，當地官方用十個金幣可以購到一百公斤；隨後他們再以四十個金幣的價格轉賣給外地商人，這是依照亞丁蘇丹的指示出售的。他用上述低廉的價格收購這個地區所產的所有乳香，售出時便牟得了暴利。

# 卡拉耶提城

卡拉耶提是一個大市鎮，靠近一個叫作卡拉圖的海灣，距杜爾法東南約六百哩。人民是穆罕默德的信徒，隸屬於忽里模子的梅利克，當他受到別國的攻擊或遭到嚴重災害時，就以這個城市為後援，因為該城十分堅固，地勢非常險要，從來沒有被仇敵佔領過。

它周圍的土地並不出產任何穀類，所以要從其他地區輸入糧食。這個國家有優良的港口，許多來自印度的商船，在此城販賣布匹和香料，以獲得巨利，因為遠離海岸的各市鎮和城堡都很需要這些東西。這些商船同時還從這裏運走馬匹，在印度出售時，又可獲得巨額利潤。

卡拉圖海灣的炮台位於海灣入口處，未經允許，任何船舶都不能夠自由進出海灣。這個城市的梅利克和克爾曼的君主維持一種類似君臣的關係，梅利克需向克爾曼王進貢。但如果克爾曼王提出無理的要求，梅利克偶爾也會反對，如果發生這種情況，克爾曼王便會派遣軍隊威脅。於是梅利克便離開忽里模子，進駐卡拉耶提，這樣，他便有能力阻斷任何船舶出入。於是船舶就無法到達克爾曼境內，貿易因此受阻，克爾曼王將收不到任何關稅，這使他的收入大大減少，所以不得不停止和梅利克的爭端。

港口上的堅固炮台不僅成為海灣的鐵鎖，而且也充當了這個海區的瞭望塔，因為從炮台上隨時可以發現過往的船舶。國內的居民通常以棗子、鮮魚或醃魚

馬可波羅東遊記

中印度記略

維持生活。鮮魚、醃魚的供應量很大。但有地位有權勢的人則從其他地方運來穀物供自己享用。離開卡拉耶提，向東北前進三百哩，便到達忽里模子島。


## 忽里模子（即波斯灣的霍爾木兹島的霍爾木兹城）

忽里模子島上有一座美麗的大城。它瀕臨大海，受梅利克的統治，所謂梅利克就是領主的意思，他還管轄着其他許多市鎮和城堡。

它的港口是印度各地經營香料、藥材、寶石、珍珠、金線織物、象牙和其他許多商品的商人雲集之所。他們將這些商品賣給其他商人，由這些人再運銷世界各地。所以，該城的商業聞名遐爾。它還管轄着好些市鎮與城堡，是起而漫王國的主要城市。該城最高統治者是艾喬馬克，擁有絕對的權力。當任何外國商人死在他的管轄區域內，他便沒收該商人的所有財產，歸入自己的寶庫。

每逢夏季，居民因為城內天氣酷熱，而且空氣非常混濁，所以都不願逗留在城內，而是陸續搬到海濱或河邊，躲進一種用柳枝搭建的水上小屋裏避暑。他們造屋的方法如下：先用樹樁釘在水裏，圍成半圓，然後將裏面的水弄乾，另一面則利用河岸作牆，上面用樹葉來遮擋陽光。他們每天上午九時到正午的這段時間在小屋內休息。因為此時有一股風從內地吹來，炎熱非常，可以使人呼吸困難甚至窒息而死。所有在沙漠或平原中被這股風襲擊的人，沒有一個可以倖免。這裏的居民一旦發覺熱風將要颳來，就迅速跳入水中，讓水一直沒到下顎，等到熱風過後，才敢躍出水面。

　　為了證實這股熱風的厲害，馬可‧波羅描述了下面一件事情，當時他正在這個地方。由於忽里模子的統治者不願再向起而漫王納貢，所以起而漫王決定在忽里模子國大部分居民出城避暑的季節，侵入該國，強迫他們繼續納貢。他派遣了一千五百名騎兵和五千名步兵，取道雷阿巴爾，想出其不意，進行偷襲。但是軍隊卻被嚮導所誤，未能在夜晚之前到達目的地。於是，他們只好在距忽里模子不遠的小樹林宿營。第二天正準備繼續前進時，遭到這股熱風襲擊，全體官兵都窒息而死，沒有一個人能逃出來將這個悲慘的消息報告他們的君主。當忽里模子的居民知道這件事後，就去掩埋屍體，以免臭氣污染空氣，傳染疾病。但是，他們發現屍體已被熱風烤焦了，四肢輕輕一觸就脫落下來，因此只好將屍體就地掘坑埋葬。

　　忽里模子人所建造的海船十分落後，使商人和其他乘客在航行時會遇到很大的危險。這種船的缺陷就在於建造時不能用釘子。因為造船的木料過於堅硬，像陶器一樣容易碎裂。當釘釘子時，釘子總是回彈起來使船板裂開。所以船板的兩端必須小心地用螺旋鑽穿孔，再將大木釘楔入，才能建成船體。然後再用印度出產的一種裏面生有像毛一樣纖維的堅果皮（椰子），製成繩索，綁住全船。這種繩索的製法是：先將這種堅果的皮浸在水中，使較軟的部分腐爛，然後將其中的絲條洗乾，製成繩索用來綁船。這種繩索在水中能經久不斷。他們的船底也並不塗瀝青，只塗一種魚脂肪製成的油，再用麻絮填塞縫隙。每船只有一根桅杆，一把舵和一個艙。貨物裝上後就用獸皮蓋住，再將運往印度的馬匹放在上面。船上沒有鐵錨，只有一種水底繩索。因此，在惡劣的天氣中——這些海的波浪很大——小船常被風颳到岸上，發生觸礁沉沒的慘事。

此處的居民皮膚是暗褐色的。他們信奉伊斯蘭教，在每年十一月播種小麥、稻子和其他穀物，在第二年三月收穫，果類也是在二月採摘，只有棗子要等到五月才能成熟。當地居民用棗子和其他原料配製一種美酒，不習慣這種酒的人，一喝就會上吐下瀉，但是一旦痊癒後，再喝這種酒便十分有益於他們的身體，能使人日益強壯。

本地居民的食物和我們的也不一樣，因為他們如果吃小麥製成的麵包和肉類，就會有損於他們的健康。因此他們的主要食品是棗子、鹹魚，如蒼那斯魚、息薄爾魚和他們的經驗中有益健康的其他魚類。這個國家因為氣候過於炎熱，能夠曬焦每一種植物，所以除沼澤外，其他地方寸草不生。

## 小專題二

# 一本書開啟的新時代

在西方認識東方的整個歷史上，沒有一本書的影響能和《馬可波羅遊記》媲美，它是中世紀歐洲對中國認識的頂峰。在此之前，歐洲對中國的認識和了解非常膚淺，一直是停留在道聽途說的間接接觸。《馬可波羅遊記》的橫空出現，正如打開了一扇關聯東西方的窗戶，它第一次較為全面地向歐洲人介紹了元蒙帝國以及周邊國家的政治、經濟和宗教生活，將地大物博、文教昌明的中國形象展示在世人面前，使西方開始了解東方，迷上東方。

《馬可波羅遊記》在中世紀時期的歐洲被認為是神話，被當作"天方夜譚"。他所提到的流通紙幣、可以燃燒的石頭、發達的運河和驛站、金碧輝煌的宮殿等等，無一不讓西方人瞠目結舌，難以置信。由於他在描寫中國的見聞時，老是說這裏一百萬，那裏一百萬（當時的威尼斯，只有十萬人，就已經是歐洲了不得的大城市），於是後來就有人給他取了個綽號叫"百萬先生"。

雖然當時的西方人認為馬可波羅誇誇其談、言過其實，但他們仍然被書中所描述的東方的富庶和文明所吸引。"數不盡的金銀財寶，美麗動人的東方女子"，這些都成了歐洲人夢幻中的新生活的象徵，成了他們所追求的理想王國，激發了他們此後幾個世紀的探尋東方情結。

《馬可波羅遊記》打破了歐洲便是世界的神

話，把一個有血有肉的中國呈現在歐洲人面前，將西方人的眼光拉到大陸的最東端，拓寬了他們的世界觀念。1375 年的加泰羅尼亞（今西班牙東部，巴塞隆那即在其中）的世界地圖就是參考《馬可波羅遊記》而繪製，圖中的印度、中亞和遠東部分都是取材於《馬可波羅遊記》，是中世紀最有價值的地圖。

《馬可波羅遊記》不僅大大豐富了歐洲人的地理知識，同時也對 15 世紀歐洲的航海事業起了巨大的推動作用。其中，意大利航海家哥倫布是《馬可波羅遊記》的最熱心讀者，直到今天，在西班牙的哥倫布圖書館還保存着他當年讀過的《馬可波羅遊記》，書的邊欄空白的地方有他作的許多摘要和註釋。他對契丹財富的嚮往與西班牙國王一拍即合，於是便帶着西班牙國王致大汗的書信出航去尋找契丹，尋找那香料堆積如山、帆船遮天蔽日的刺桐港。他本來要去的地方是富庶的東方，卻陰差陽錯到了美洲，由此開闢了由歐洲到達美洲的新航路。

哥倫布死後不到五十年，葡萄牙的達加馬、鄂本篤，英國的卡勃特、安東尼・詹金森和約翰遜、馬丁・羅比歇等眾多的航海家、旅行家、探險家讀了《馬可波羅遊記》以後，紛紛東遊，尋訪中國。追本溯源，不能不説是受《馬可波羅遊記》的影響。從此，中西方之間直接的政治、經濟、文化的交流的新時代開始了。

# 趣味重溫（2）

## 一、你明白嗎？

1. 馬可波羅幾乎遊遍了整個蠻子省，試將他所遊覽的城市按照順序排列。

   a. 南京省

   b. 瓜州城

   c. 蘇州城

   d. 襄陽城

   e. 淮安城

2. 遊記中講述的南亞群島國富饒寬廣，風俗奇特，請參閱《南亞群島國》一章，找出相應的國名填充以下各句。

   a. （　　　　　）是世界上最大最肥沃的島嶼之一。

   b. （　　　　　）是世界上最高貴和最富足的國家。

   c. （　　　　　）有世界上最醜的婦女。

   d. （　　　　　）擁有最美麗最罕見的紅寶石。

   e. （　　　　　）出產世界上最鮮美的魚。

3. 中國沿海各省物產豐富，出口頻繁。請將各個城市最具盛名的特產或工藝連線搭配。

   福州　　　製糖

   刺桐　　　生絲和棉布

   建寧　　　薑和藥材

   德化　　　製陶

   侯官　　　胡椒

## 二、想深一層

1. 馬可波羅時常遊覽杭州，因此對杭州城的情況非常了解，在他的遊記中對於這座城市描述得十分仔細，請閱讀《天城杭州》一章，回答下列問題。

   （1）品味下列文字所表述的杭州城的特色，從框內選擇相應的選項填充。

   > 交通便利　手工業發達　商業繁榮　居民耽於享樂
   > 市政建設良好　物產豐富　人民生活富裕

   a. 城內大街用石頭和磚塊鋪砌，每邊十步寬，中間鋪着沙子，並建有拱形的陰溝，以便將雨水泄入鄰近的運河之中，所以街道保持得十分乾淨。　　　　　　　　　　（　　）

   b. 所有喜歡泛舟行樂的人，或是攜帶自己的家眷，或是呼朋喚友，僱一條畫舫，蕩漾水面。畫舫中，舒適的桌椅和宴會所必需的各種東西一應俱全。　　　　　　　（　　）

   c. 每種手藝都有上千個工場，而每個工場中都有十個、十五個或二十個工人。在少數工場中，甚至有四十個人工作。（　　）

   d. 高樓的底層是商店，經營各種商品，出售各種貨物，香料、藥材、小裝飾品和珍珠等應有盡有。　　　　　　（　　）

   e. 城內除了陸上交通外，還有各種水上通道，可以到達城市各處。所有的運河與街道都很寬闊，所以運載居民必需品的船隻與車輛，都能很方便地來往穿梭。　　　　（　　）

（2）杭州城的每條街上都有一些石頭房屋或閣樓，它們的主要用途是？（　　）

  a. 儲藏貨物

  b. 美化環境

  c. 以防浸泡

  d. 防止火災

（3）守夜的衛兵的職責中，不包括以下哪項工作？（　　）

  a. 傳遞公文

  b. 報告火警

  c. 定點報時

  d. 巡邏戒嚴

2. 南亞群島國中，以下哪個國家的居民不以大米為主食？（　　）

 a. 薩馬拉

 b. 班卒王國

 c. 馬達加斯加

 d. 桑給巴爾

3. 中印度地區各個國家最顯著的共同點是甚麼？（　　）

 a. 居民都是回教徒

 b. 氣候都十分炎熱

 c. 都以鮮魚為主食

 d. 居民都驍勇善戰

三、延伸思考

1. 遊記是幫助我們了解自然，了解世界的便捷手段，除了本書，你還讀
   過或聽說過哪些遊記嗎？試列舉三本著名的中外遊記。

2. 《馬可波羅遊記》開啟了東西方直接交往的新時代，同時也激發了西
   方人對東方財富的嚮往，使西方開始了長達幾個世紀的探訪和侵略東
   方之路。如此看來，你認為《馬可波羅遊記》對於東方來說，是利大
   於弊，還是弊大於利？

3. "讀萬卷書，不如行萬里路"，旅行不僅可以擴大視野，增廣見識，
   還能磨礪人的意志，你有過長途旅行的經歷嗎？試就你的旅遊經歷寫
   一篇遊記。

# 參考答案

一、你明白嗎?

1. 方舟山　　帕米爾高原　　羅布荒原

2. a. ✓　　b. ✗　　c. ✗　　d. ✓

3.
亞清岡　　　青金石
格魯吉亞　　驢子
巴士拉城　　棉布
波斯　　　　海棗
巴達哈傷　　黃楊木

二、想深一層

1. a. 石油　　b. 煤炭　　c. 醃肉　　d. 嫁接　　e. 割橡膠

2. d　　3. c　　4. d　　5. b

三、延伸思考（此部分不設答案，可自由回答）


**趣味重温（2）**

一、你明白嗎?

1. e-a-d-b-c

2. a. 馬達加斯加島　　b. 馬八兒王國　　c. 桑給巴爾　　d. 錫蘭島　　e. 薩馬拉

3.
福州　　　製糖
刺桐　　　生絲和棉布
建寧　　　薑和藥材
德化　　　製陶
侯官　　　胡椒

二、想深一層

1.
　　(1). a. 市政建設良好　　b. 居民耽於享樂　　c. 手工業發達
　　　　　d. 商業繁榮　　e. 交通便利

　　(2). d

　　(3). a

2. c

3. b

三、延伸思考（此部分不設答案，可自由回答）